던전사냥꾼

Dungeon Hunter

던전사냥꾼 1
Dungeon Hunter

온후 현대 판타지 장편 소설

초판 1쇄 찍은 날 | 2016년 3월 23일
초판 1쇄 펴낸 날 | 2016년 3월 30일

지은이 | 온후
펴낸이 | 예경원

기획 | (주)위시북스
편집책임 | 박우진
편집 | 이즈플러스

펴낸곳 | 예원북스
등록번호 | 제396-2012-000132호
등록일자 | 2012. 7. 25
KFN | 제1-001호

주소 | 경기도 고양시 일산동구 호수로 646-24 위너스21 II 빌딩 206A호 (우)10401
전화 | 031-819-9431 팩스 | 031-817-9432
E-mail | yewonbooks@naver.com

ⓒ온후, 2016

ISBN 979-11-5845-627-6 04810
      979-11-5845-629-0 (set)

온후 현대 판타지 장편 소설

WISHBOOKS MODERN FANTASY STORY

던전사냥꾼

Dungeon Hunter ①

Wish Books

던전사냥꾼
Dungeon Hunter

CONTENTS

프롤로그

Dungeon Hunter

"강해져라! 약하면 죽는 게 세상이다!"

누구더라? 지독한 전장. 죽기 직전 한 남자가 마지막으로 내게 남긴 말이었다.

어렸던 나는 그 말을 듣고 온몸을 바르르 떨어댔더랬다. 남자의 이름은 기억나지 않지만, 남자가 뱉었던 그 말은 지금도 뚜렷이 기억난다.

13살. 전쟁터에 던져진 이후 온갖 발악을 해대며 살길을 찾았다.

적들은 내가 어리다고 봐주지 않았다. 기회만 생기면 목을 베려고 들었다. 그래서 더욱 필사적이었다. 내 목숨을 지킬 수 있는 건 나 자신뿐.

시체가 남긴 무구를 들고 강해지기 위해 스스로를 단련했다. 그들이 싸우는 모습을 보며 사력을 다해 눈에 익혔다.

죽은 척하며 적을 베고 고립된 전장에서 살아남고자 아군의 살점을 씹으며 버텼다. 어린 마족 혼자 살아가기에 마계는 너무나도 불친절한 곳이었으니까. 마계는 항상 전쟁 중이었고, 나는 항상 전쟁터의 중심부에 있었다.

시간은 흐른다.

시야가 넓어지고 내 걸음도 빨라진다.

산같이 커 보이던 이들이 내 눈높이에 맞춰졌을 때쯤, 나는 더 이상 약자가 아니었다.

웬만한 마족도 내게는 상대가 되지 않았다. 도리어 그들이 나를 피해 달아나는 경지에 도달했다.

전장에 나가 수많은 적의 목을 베었다.

그렇게 나는 백작의 자리에 올랐다.

귀족.

피라미드 위쪽에 군림하는 절대자의 칭호.

별 감흥은 없었다.

마계는 강자존.

마계는 강자가 모든 권리를 행하는 곳이다. 강한 자가 그만한 자리를 차지하는 건 당연한 일이었다.

'강해져야 한다!'

그러나 이 정도로 만족할 순 없었다.

부족하다. 갈증이 난다.

마계에서 가장 강하다는 12명의 공작과 4명의 대공.

그들이 진정한 내 목표였다.

그리고 만약 그들마저 쓰러뜨린다면…… 지금은 공석인 마왕의 자리에 앉을 수 있다.

누구도 넘볼 수 없고, 누구도 거역할 수 없는 그 자리에서 크게 한번 웃어 보는 게 내 꿈이었다. 시간이 흐를수록 나는 마계에서도 상당히 유명해졌다.

약자가 아닌 강자로서 이름을 날렸다.

콧대가 높아지고 자신감이 무르익었을 무렵.

나는 또 다른 하늘이 있다는 걸 깨닫게 된다.

마계를 네 등분 한 대공들에게 도전장을 던진 것이다. 하지만 그들은 정말 강했다. 격의 차이라는 걸 !처음으로 실감했다.

전투에서 패한 뒤 나는 그들의 눈을 피해 도망 다녔다. 그렇게 아무도 없는 오지에 몸을 숨기고 있을 때였다.

"네놈이 랜달프냐?"

황폐한 대지. 생명체라곤 눈 씻고도 찾아볼 수 없는 장소.

이곳에 누군가가 찾아온 건 처음 있는 일이었다.

나는 털을 곤두세우고 나타난 남자를 적대시했다. 그러자 남자가 웃었다.

"나는 마신 데스브링어다."

"……."

할 말을 잃었다.

어떤 마족도 마신을 직접 본 적은 없지만, 확실히 마신의 이름이 데스브링어이긴 하였다.

"랜달프. 랜달프 브뤼시엘. 너에게 기회를 주겠다. 마왕이 될 수 있는 마지막 기회를!"

"미친놈이군."

결국 쓰게 한마디 내뱉었다. 자칭 마신이 이번에는 마왕을 논한다. 지나가던 개가 웃을 일이다.

그러거나 말거나 남자는 자기 할 말만 꺼냈다.

"너는 지금부터 내가 만든 게임의 플레이어가 되어 세계를 멸망으로 몰아넣어야 한다. 더욱 많은 땅, 더욱 많은 인간을 몰살하라! 결과에 따라 너는 마왕이 될 수 있을 것이다. 마계에서 가장 강한 자임을 나타내는 그 영광스러운 자리를 차지할 수 있게 된다는 말이다."

마왕!

나는 미친놈의 허언에 그만 침을 꿀꺽 삼키고 말았다.

얼마나 달콤한 단어인가. 게임이니 플레이어니 이해는 안 가지만 단지 마왕이라는 단어 하나만으로도 내 시선을 완전히 사로잡았다.

비록 실패했지만, 꿈을 잃지는 않았다.

이곳에서 단련한 다음 다시 대공들에게 도전장을 내밀 작정이었다.

"물론 너에게도 거부할 수 있는 기회가 있다."

남자가 냉소 가득한 미소를 지으며 나를 쳐다봤다.

"난 번거로운 게 싫으니 묻겠다. 자, 할 테냐? 마왕이 되고 싶다면 고개를 끄덕여라. 반대로 고개를 젓는다면 나는 이대로 사라지리라."

남자가 고개를 들어 나를 쳐다봤다.

남자의 눈을 나는 감히 쳐다볼 수 없었다.

눈을 쳐다보는 순간 정신이 번쩍 들며 전신이 발가벗겨지는 느낌이 들었다.

마치 마수 레비아탄의 몸에 전신을 꽁꽁 묶인 것처럼 꼼짝할 수 없었다.

허언이 허언처럼 들리지 않았다. 이만한 존재감은 네 명의 대공에게서도 느껴본 적이 없었다.

내가 할 수 있는 일이라곤 고개를 끄덕이는 것뿐이었다.

고개 한 번 끄덕인다고 설마 무슨 일이 있겠느냐 안이한 마음도 있었다. 그래, 안이했다. 너무!

정신을 차렸을 때 나는 거대한 동굴 안에 있었다.

그리고 결과적으로, 나는 마왕이 될 수 없었다.

중간 과정이 뭉텅 잘려 나간 건 당연한 일이다. 패배한 역사를 구구절절 읊을 생각은 추호도 없으니까.

최후의 전쟁이 끝난 뒤 지구는 멸망했고 마왕은 결정됐다.

마계대공 아리엘만 살아남았으니 당연한 수순이다. 아니, 정확히 말하자면 나 역시 살아 있긴 했으나 곧 죽을 운명이었다.

양팔과 양다리를 잃고 무얼 할 수 있겠는가.

결국 혼자 모든 걸 재량하고 해결하려 들었다가 큰코다쳤다. 혼자선 한계가 있다는 걸 나는 너무 늦게 깨달았다.

"벌레 같은 것. 생존 본능 하나는 마족 중 으뜸이로구나."

대공 아리엘이 질색하며 말하며 쓰게 웃었다.

살아남으면 기회가 생긴다. 강해질 수 있는 시간을 벌 수 있다. 그리 마음먹었기에 나는 여태껏 살아남을 수 있었던 것이다.

하지만 그것도 끝난 듯하다. 막강한 생존 본능도 내 죽음을 막진 못했다.

여기까진가?

결국 나는 마왕의 그릇이 아니었던 건가?

빌어먹을. 다시 기회가 주어진다면. 내게 한 번 더 기회를 준다면!

그리 생각하며 죽음을 맞이할 때였다. 하얀빛이 나를 덮쳤다. 순간 당황했으나 이내 빛의 정체를 알 수 있었다.

그것은 신위를 잃은 신들의 마지막 정수였다.

마족의 각축장이 되어버린 행성, 지구.

그곳을 지키려는 신들의 마음이었다. 급격한 과학의 발달과 기적을 배척하는 인간에 의하여 신위를 잃었으나 신들은 아직도 그들을 사랑했던 것이다.

그들은 내게 아주 긴 이야기를 들려주었다.

크게 호응하진 못했지만 적어도 그들과 나의 이해가 일치한다는 것만은 분명히 알아들을 수 있었다.

이야기가 끝난 직후 나는 지구에 올 때와 마찬가지로 고개를 끄덕여 보였다.

동시에 환한 빛이 내 몸에 완전하게 스며들었고,

[직업이 마계 백작(던전 마스터)으로 갱신됩니다.]

[백작의 품격! 200,000pt가 지급됩니다.]

[극악의 마나 농도! 힘이 아주 크게 제약을 받습니다.]

[초보자 보호 기간(240일)이 적용됩니다.]

[던전 1층에 고레벨 마수가 무작위로 등장합니다. 마수는 초보자 보호 기간이 지나면 사라집니다.]

[주의하세요! 무작위로 소환된 마수는 던전 마스터의 명령을 듣지 않습니다.]

……

나는 무사히 과거로 돌아올 수 있었다.

Chapter 1

초보자 보호 기간

Dungeon Hunter

　허공을 가득 채운 메시지 창이 사라지자, 나는 주변을 둘러보았다.

　'정말…… 돌아왔군.'

　삭막하기 그지없는 동굴.

　옆에서 푸른빛을 내뿜는 '던전 코어'만이 유일하게 존재감을 나타내고 있었다.

　수십 년 전에 잃어버린 그것이 지금 내 눈앞에 멀쩡히 남아 있는 것이다.

　있을 리 없는 게 있다. 이 상황이 뜻하는 바는 하나였다.

　정말 과거로 돌아왔다는 것!

　믿기지가 않았다. 시간을 역행하다니.

　'상태창.'

그를 속으로 되뇌자 곧 눈앞에 창 하나가 떠올랐다.

이름 : 랜달프 브뤼시엘

직업 : 마계 백작(던전 마스터)

칭호 : 없음

능력치 :

　힘 64

　지능 42

　민첩 59

　체력 72

　마력 50

특이사항 : 없음

'허! 능력치까지 과거로 돌아간 건가.'

과거로 돌아왔다면 능력치가 롤백되는 것도 당연한 일이
었다.

나는 주먹을 꽉 쥐며 눈을 빛냈다.

'바라고 또 바랐다. 내게 다시 기회가 주어지기를.'

죽어가는 상황에서 나는 그 하나만을 무한히 염원했다.

능력치가 초기화됐지만 전혀 아쉽지 않았다.

기회가 주어진 것만으로도 충분하다.

게다가 기억이 온전하다면 강해질 방법 따위야 차고 넘

쳤다.

'이제 다시는 잃지 않으리라.'

나는 몸을 돌려 던전 코어를 바라봤다.

어른 몸통만 한 돌이 푸른빛을 사정없이 뿜어대고 있었다.

이 돌덩이가 던전의 중추인 코어다.

무슨 일이 있어도 필히 지켜야 하는 보배. 나는 이걸 너무나 빠르게 잃었다.

이제는, 무슨 일이 있어도 잃지 않을 것이다.

내게 주어진 것들 중 단 하나도 잃을 생각이 없었다.

쉬이익.

곧 코어에서 뿜어지는 푸른빛이 더욱 강렬해지며 작은 형상을 만들어냈다.

조금씩 모습을 갖춰가던 그것은 이내 완성되었다. 완성된 형상은 내 예상처럼 반투명한 요정의 모습을 하고 있었다.

손바닥 크기의 요정이 빙글빙글 주변을 맴돌았다.

귀엽고 깜찍한 외관이지만, 에메랄드빛 머리칼과 초롱초롱한 눈망울은 이 세상의 것이 아닌 듯 아름답기 그지없었다.

잠시 후 내 눈앞에 멈춰 선 요정이 꾸벅! 배꼽인사를 했다.

"안녕하세요, 던전 마스터. 저는 던전 마스터의 도우미 요정 이히예요! 이히!"

이히가 이를 드러내며 환하게 웃었다.

'이히!' 하고 웃어서 이히다.

평생을 간직할 이름인데 요정의 이름은 대개 이런 식이었다.

간단명료한 사고관의 소유자들.

나는 진심을 담아 말했다.

"오랜만이구나. 반갑다."

이히와 만나는 건…… 정확히 25년 만이었다.

자신을 외면하는 나를 돕기 위해 필사적으로 모든 걸 내민 요정.

결국 그 노력은 보답받지 못한 채 스러지고 말았다.

당시의 나는 너무나도 완고했고 모든 걸 혼자 해결하려고만 했으니까.

이제는 다를 거다.

맹세코 다시는 던전 코어를, 이히를 잃지 않을 것이다.

"이히를 반겨줘서 고마워요, 던전 마스터."

이히가 작은 날개를 파닥였다.

실체가 없는 요정은 대신 이름 자체에 힘이 깃들어서, 많이 부르고 불릴수록 좋다.

이히가 자신의 이름을 스스로 호명하는 것도 이와 같은 이유였다.

"그런데 오랜만이라뇨? 던전 마스터는 이히를 어디선가 본 적이 있으신가요?"

이히는 입술에 손가락을 대고 고개를 갸웃거렸다.

그러면서 연분홍색 입술을 오물거리며 눈을 깜빡였다.

"그냥 해본 소리다. 그보다 나타난 이유가 있지 않나?"

아무리 반가워도 말투만은 어쩔 수가 없다.

그나마 이것도 엄청나게 부드러워진 것이라고 스스로 생각할 정도였다.

이히가 손뼉을 탁! 쳤다.

"아, 그랬어요. 던전 마스터에게 설명을 해드리는 건 이히의 사명이었어요. 뭐가 궁금하세요? 이히는 뭐든지 다 알아요. 아니면 아예 처음부터 쭉 읊어드릴까요?"

오랜만에 이히의 설명을 듣는 것도 괜찮다 싶었다.

그러나 나는 단호하게 고개를 저었다.

이미 알고 있는 내용이었고, 빠르게 일을 처리할 필요가 있었다.

"설명은 괜찮다."

"정말요?"

이히가 눈을 동그랗게 뜨며 말을 이었다.

"여기는 전혀 다른 세상인데요? 전혀 다른 시스템으로 가동하고 있다구요? 이해하기 쉽고 짧게 설명해 드릴 수 있어요. 이히는 설명하는 데 도가 텄거든요."

날개를 힘없이 파닥이며 입술을 쭈욱 내밀었다. 설명하고 싶어서 안달이 난 태도다.

요정은 기본적으로 수다쟁이다. 25년 전의 이히도 다를 바가 없었다.

여기서 한 번 수락했다간 몇 시간은 입에 침이 마르도록 이야기를 늘어놓을 게 뻔했다.

"미안하지만, 필요 없다."

"알았어요."

날개가 축 늘어졌다. 그러면서 슬쩍 고개를 들어 나를 올망졸망한 눈초리로 바라봤다.

자신을 불쌍히 여겨 설명을 들으라는 태도였지만 내겐 통하지 않았다.

"상점을 이용하마."

"헉! 상점을 아세요? 혹시 예습하고 오신 거예요? 아니면, 아니면 설마!"

이히가 껑충 뛰어올랐다.

호들갑을 떠는 것도 여전했다.

이히가 뭐라 할지 대충 예상이 됐기에 응답해 주었다.

"그래, 독심술을 익히고 있지."

"우와, 대단하세요, 마스터! 독심술이라니!"

'그래서 설명이 필요 없다고 한 거구나~'라며 이히가 스스로 답을 내렸다.

이히, 단순무식의 대표 주자가 아닐까.

"알았으면 이제 상점을 열어라."

잠시 표정을 수습하던 이히가 헛기침을 두어 번 내뱉더니 손을 휘저었다. 곧 허공에 글자가 솟아났다.

[만물상점에 오신 걸 환영합니다.]

메시지 창 아래로 무수히 많은 물건이 나열되었다.

구매할 때 필요한 건 오로지 포인트(pt).

나는 백작의 자격으로 200,000포인트를 소유하고 있었다.

공작이나 대공은 훨씬 많은 포인트를 가지고 시작한다는 이야기를 얼핏 들어본 적이 있었다.

일반적인 포션부터 시작해서 매우 강력한 마법무구까지. 비싼 것은 수백만 포인트를 가볍게 넘기는 것도 있었다.

하지만 내가 바라는 건 그런 고가의 물품이 아니다. 눈동자를 굴리자 상점 목록의 페이지가 빠르게 넘어갔다.

이어 '스킬북'을 모아둔 목록이 내 눈에 들어왔다.

스킬북을 구매해 익히면 이능(異能)을 사용할 수 있다. 급에 따라 차이가 나긴 하지만 매우 흥미로운 물건임은 분명했다. 포인트만 많으면 상위의 스킬을 익혀 더욱 강해질 수 있다는 방증이었다.

던전을 잃었을 당시 나는 얼마나 후회했던가!

25년을 돌아 다시 상점을 이용할 수 있게 되었다.

스킬북은 수천 가지가 넘었다.

수량에도 한계가 있었다.

아주 좋은 스킬북은 가격도 비싸거니와 한 개밖에 팔지 않는다. 아마도 다른 마족이 구매하면 목록에서 사라질 것이다.

그것들 중 내가 바라는 스킬북이 있는지 눈여겨 찾아보았다.

'전부 있군.'

나는 빠르게 손가락을 옮겼다.

스킬 조합(Rare), 멀리 보기(Normal), 확대(Normal), 눈 질끈 감기(Normal), 눈싸움(Normal), 평정(Exceptional Normal).

총 여섯 개의 스킬북을 선택하자 옆에서 이히가 손가락을 물고 '어버버'거렸다.

"마, 마스터? 포인트는 신중히 사용하셔야 해요? 포인트 벌기가 얼마나 힘든데요. 이히는 추천하지 않아요. 게다가 전부 그다지 좋은 스킬들도 아니고……."

이히가 만류했지만 이미 나는 구매 버튼을 눌렀다.

"맙소사……!"

15만 포인트가 산화했다.

털썩!

이히가 주저앉았다. 상당히 충격이 큰 것 같았다.

그럴 만도 했다. 던전 코어의 정령은 던전 마스터가 강해지고 마왕이 될 수 있도록 물심양면으로 돕는다.

그래야 던전을 지킬 수 있으며, 종국에는 자신의 '격'을 올릴 수 있기 때문이다.

한데, 시작하자마자 15만 포인트가 날아갔으니……. 패닉에 빠질 만도 하다.

지이잉!

아무것도 없는 공간이 일렁인다.

마치 소용돌이처럼.

일렁임이 멈추자 그 장소에 구매한 스킬북 여섯 개가 놓여 있었다. 익히는 방법은 간단하다. 원하는 스킬북을 쥐고.

"습득."

한마디 하면 끝이었다.

[스킬 조합(R)을 익혔습니다. Rare 등급 아래의 스킬을 조합할 수 있습니다.]

[멀리 보기(N)를 익혔습니다. 숙련도를 높이면 보다 멀리 볼 수 있습니다.]

스킬을 익히는 과정은 이런 식이다.

나는 나머지 스킬북을 모두 습득했다. 하지만 여기서 끝이 아니었다.

"스킬 조합."

[조합할 스킬을 선택해 주세요.]

"멀리 보기, 확대, 눈 질끈 감기, 눈싸움, 평정!"

[멀리 보기, 확대, 눈 질끈 감기, 눈싸움, 평정을 조합합니다. 이대로 계속 조합하시겠습니까?]

고개를 끄덕였다. 이 정도의 의사표현만으로도 충분하다.

조합하는 스킬 중 가장 높은 등급이 익셉셔널 노말(Exceptional Normal).

레어 등급 이상의 스킬이 없으므로 조합할 수 있었다.

이히가 침을 질질 흘리며 그런 나를 쳐다보고 있었다. 무슨 짓이냐는 눈빛이다.

스킬 조합이란 게 언뜻 보면 좋아 보이지만 꽝인 경우가 대다수다.

상점에서 팔지 않는 스킬을 얻을 수 있지만 아주 낮은 확률의 도박과 같았다.

대다수가 포인트만 날리게 마련이다. 이상한 스킬이 생겨 버리면 더욱 약해지는 경우도 허다했다.

하지만…….

[축하합니다! 유니크(Unique) 스킬, 모든 것을 꿰뚫는 제3의 눈 '심안'이 조합되었습니다! 유니크 등급 이상의 스킬은 오직 한 명만 익힐 수 있습니다.]

[최초로 유니크 스킬을 조합하는 데 성공하셨습니다. 30,000pt 가 지급됩니다.]

나는 입가에 미소를 폈다.

심안.

내가 원한 스킬이다.

이걸 노리고 나는 15만 포인트를 사용했다.

보상도 괜찮았다.

칭호가 나왔으면 더할 나위 없었겠지만 30,000포인트는 결코 적은 보상이 아니다.

"마, 말도 안 돼!"

이히가 경악 가득한 음성을 내뱉었다. 믿기지 않는다는 듯 입을 크게 벌렸다.

이해한다. 쓸 만한 유니크 스킬북의 가격대는 100만 포인트를 넘는 경우도 많았다.

고작 15만 포인트로 유니크 스킬을 건졌으니 이히의 입장에선 놀랄 만도 하였다.

상태창을 불러오자 특이사항 아래에 추가된 항목이 떠올랐다.

스킬 :

스킬 조합(R) ─ Rare 등급 아래의 스킬을 조합할 수 있다.

심안(U) — 상대의 상태창을 볼 수 있다. 히든 스테이터스(Hidden status), 잠재력이 개방된다.

고작 두 개.

하지만 든든했다.

나는 히든 스테이터스를 확인하고자 상태창을 떠올렸다.

곧 능력치 아래 부분에 새로이 추가된 사항을 볼 수 있었다.

이름 : 랜달프 브뤼시엘

직업 : 마계 백작(던전 마스터)

칭호 : 없음

능력치 :

　힘 64

　지능 42

　민첩 59

　체력 72

　마력 50

　잠재력 (287/500)

특이사항 : 없음

스킬 : 스킬 조합(R), 심안(U)

잠재력이 추가된 것이다. 스킬란도 개설됐다.

만족스러운 듯 고개를 얕게 끄덕였다. 잠재력은 내 성장 가능성을 나타낸다.

287은 현재 내 능력치의 총합이고, 뒤의 500은 내가 가진 한계치였다.

하나의 능력치는 100까지 올릴 수 있고 5개의 능력치를 모두 끌어올리면 딱 한계치인 500이 된다.

그 이상을 올리려면 칭호, 능력치를 올려주는 아주 좋은 무구, 혹은 한계 돌파란 과정이 필요하다.

한계 돌파를 할 수 있는 방법은 대공들만 안다. 물론 당장의 나에겐 필요 없는 과정이었다.

'시작이 좋군.'

심안은 사기적인 스킬이다.

상대의 상태창을 볼 수 있다는 것만으로도 엄청나건만 재능이 있는지 없는지도 확인할 수 있다.

전생에서 이 스킬을 가진 자는 '30개의 입을 가진 디펠라 공작'이었다.

그녀는 무언가를 실험하길 좋아했는데 스킬 조합도 그중 하나였다. 벌어들인 포인트 중 상당수를 스킬 조합에 사용할 정도였다.

그 과정에서 우연찮게 심안을 얻었고, 디펠라 공작은 자랑을 했다.

입이 많아서 그런지 디펠라 공작에겐 비밀이 없었다.

그리고 불행 중 다행으로 유니크 등급 이상의 스킬은 단한 사람만 익힐 수 있었다.

누군가가 다시 조합한들 심안은 나오지 않는 것이다.

디펠라 공작은 심안을 이용하여 아주 막강한 군대를 만들었다.

그녀가 지휘하는 마수는 강하지 않은 게 없었다.

적어도 마수의 질적인 차원에서 디펠라 공작은 단연 돋보이는 수준이었다.

그로 인해 얻는 이득도 많았다.

마수는 마족끼리 교환할 수 있었고, 디펠라 공작은 아주많은 포인트를 벌어들였다.

벌어들인 포인트로 마수를 사거나 스킬을 조합했다. 그로인해 그녀의 던전은 난공불락이란 이름으로 인간들 사이에서 유명해졌다.

대공의 던전에 쳐들어갈지언정 디펠라 공작의 던전은 피해간다.

라는 말이 있을 수준이니 두말해 무어하랴.

'모든 포인트를 쏟아부어도 심안은 익힐 가치가 있다.'

무분별한 스킬 조합의 폐해로 능력치가 바닥을 치고, 마수를 이용한 포인트 벌이를 너무 한 탓에 마족들에게 미움을받아 버려지긴 했지만, 디펠라 공작의 던전 하나만큼은 어느대공과 비교해도 꿀리지 않았다. 그만큼 심안은 유용한 스킬이었다.

"마, 마스터. 대체 무슨 마법을 부린 거지요?"

"마법은 무슨."

가장 중요한 스킬 하나를 확보했다. 그러나 아직 끝나지 않았다.

나는 상점의 목록을 더 살폈다.

지금 내게 남아 있는 포인트는 80,000.

그 안에서 최대한의 효율을 뽑아내야 한다.

'초보자 보호 기간 동안 능력치를 올려야겠군.'

초보자 보호 기간은 8개월.

그 시간 동안 좋으나 싫으나 던전에 있어야 한다.

초보자 보호 기간 동안 1층에 무작위로 나타나는 마수는 던전 마스터도 공격한다.

숫자는 적지만 마수들 중에는 지금의 나도 상대하기 힘든 것들이 있었다.

그것은 다른 마족들도 마찬가지.

즉, 초보자 보호 기간이란 마족과 인간들 모두에게 통용되는 기간이다.

적어도 8개월간 마족이 인간들을 직접적으로 공격할 일은 없을 테니까.

용사가 나타나고, 던전에 적응하는 시간.

마족은 던전을 보강하고 계획을 짤 수 있는 여가 시간. 그게 초보자 보호 기간이다.

20,000포인트를 이용해 알람 마법을 구매했다.

이것은 스킬과 다르게 던전 코어에 새겨지는 마법이다.

최상층에 누군가가 잠입하면 던전 코어가 자동으로 내게 알람을 해주는 기능이 있다.

능력치를 올리고자 수련만 하다가 우연히 침입한 누군가가 던전 코어를 깨뜨리면 말짱 황이니 보험 삼아 구매했다.

물론 그럴 가능성은 한없이 0에 가까웠지만, 대비해서 나쁠 건 없었다.

이제 마지막으로……

[수련의 방 입장권 ― 첫 이용 시 20,000pt. 입장할 때마다 소모되는 pt가 두 배씩 올라갑니다.]

나는 주저 없이 수련의 방 입장권을 끊었다.

8개월이나 수련의 방에 머물 기회는 지금밖에 없다. 이후 초보자 보호 기간이 지나면 던전 강화를 위해 눈코 뜰 새 없이 바쁜 시간을 보내야 한다.

물론 그 외에도 목적이 있었다.

'던전 안에서 얻을 수 있는 이득은 다 얻어야지.'

전생과는 다른 길.

그 길 끝에 답이 있으리라 여겼다.

수련의 방.

들어선 순간 숨통이 트이는 걸 느꼈다.

마나가 풍부하다! 단지 그 사실 하나만으로도 몸이 좋아지는 기분이다.

천천히 주변을 둘러보았다.

수련의 '방'이라 이름 붙였지만 사실 이곳은 미로다. 좁은 길이 굽이굽이 쳐져 있고, 여러 갈래의 길이 나무의 뿌리처럼 나뉘어 있다.

내 목표는 이 미로의 끝을 보는 거다.

'사실 그게 본 목적이지. 수련은 덤이다.'

초반의 능력치는 매우 빠르게 오른다.

약해진 몸에 적응하며 원래의 힘을 제대로 받아들이기 시작하기 때문이다.

말하자면 '회복'의 개념이었다. 그런 의미에서 마나가 풍부한 수련의 방은 능력치를 회복하기에 안성맞춤인 장소다.

하지만 능력치를 올리는 것보다 수련의 방을 클리어하고 얻을 이득이 더욱 탐났다.

능력치는 언젠가 올릴 수 있는 거라지만 방의 끝에서 얻을 수 있는 보상은 딱 하나.

칭호였다.

사실 확실하진 않다. 그런 이야기를 들었을 뿐이다. 그래도 뭔가를 얻을 확률은 매우 크다.

칭호를 획득한다면 더 바랄 것이 없지만 포인트를 얻어도 손해는 아니다.

'칭호는 정말 얻기 힘드니까.'

칭호는 한계에 막힌 능력치를 뚫을 수 있는 방법 중 하나다. 칭호는 여러 개를 얻어도 중복 가능하지만, 전생에서 내가 거머쥔 칭호는 2개에 불과했다.

마지막까지 아등바등 살아남았음에도 고작 2개. 그만큼 얻기 힘들다.

아무리 잠재력이 뛰어나도 어느 순간 벽에 막힌다. 그때 좋은 무구와 칭호는 단비와 같은 존재가 된다.

특히 나에게는 더욱 그렇다. 전생에서 나는 5개의 능력치 중 단 하나도 한계치까지 올리지 못했다.

그나마 체력 93포인트를 달성한 게 전부다. 다른 능력치가 상대적으로 낮아서 온갖 고생을 도맡아 했다.

'수련의 방을 몇 번밖에 이용하지 못한 게 컸지.'

나는 누구보다 빠르게 던전을 잃었다. 당연히 수련의 방도 오래 이용할 수 없었다.

의지를 활활 불태웠다. 이번 생에서는 질릴 때까지 이용해 주겠노라 다짐하며.

어쨌거나, 벽을 해결해 줄 수 있는 게 칭호다. 그 중요성은 몇 번을 말해도 부족하다.

무구는 착용에 제한이 있지만 칭호는 중복이 가능하다.

여기까지 말했는데 칭호의 중요성을 깨닫지 못한다면 그놈은 강해질 생각이 없다고 보면 된다.

"이 광경도 오랜만이군."

마나의 농도만 좋다 뿐이지 사방이 막혀 있다.

미로가 괜히 미로겠는가. 아주 꽉꽉 막혀 있어서 날아서 확인하는 건 불가능할 듯싶다.

허리에 찬 가죽 주머니를 들고 안에 든 물건을 확인했다.

원할 경우 언제든지 귀환할 수 있지만 클리어 전까진 절대 빠져나가지 않겠다고 다짐하며 구매한 10,000포인트짜리 마법 주머니다.

크기의 150배에 달하는 물건을 넣을 수 있다.

안에 든 물건은 물약을 제외하면 온통 먹을거리뿐이다. 마족이라도 8개월 동안 굶고 살 순 없으니까.

맛보단 실용성 위주로 준비했다. 허기만 채우면 충분하다.

물건을 확인한 나는 가죽 주머니를 닫았다.

'우선 가볍게 달려보자.'

수련의 방은 분기점마다 과제가 주어진다. 과제를 깨고 여러 갈래의 길 중 한 곳을 택해서 나아갈 수 있다.

첫 번째 분기점이 나올 때까지 달렸다.

3시간쯤 달리자 거대한 방 하나가 나왔다. 방의 한가운데 기본 무기 수십 개가 놓여 있었다. 종류별로 하나씩은 있는 것 같았다.

[무기를 선택해 주세요.]

허공에 떠오른 메시지 창.

미련 없이 철검을 들었다. 그러자 다른 무기가 신기루처럼 사라졌다.

주변의 마나가 일렁이기 시작했다. 심상치 않은 마나 파동이다.

"크르르……."

이윽고 공간에 균열이 생기며 마수가 나타났다. 그 숫자가 어림잡아 300은 되어 보인다.

[늑대형 마수 크레이지 하운드를 퇴치하세요! 300/300]

마계였다면 코웃음 치며 한 손가락으로 상대했을 녀석들. 크레이지 하운드(Crazy hound)였다.

하지만 능력치가 극악하게 제한받는 지금의 몸으로는 위험한 숫자다.

나는 심안으로 녀석들의 상태창을 확인했다.

이름 : 크레이지 하운드

능력치 :

힘 31

지능 14

민첩 42

체력 34

마력 9

잠재력 (130/130)

특이사항 : 수련의 방에 임시로 소환된 마수. 랜달프 브뤼시엘에
게 강렬한 적대감을 가지고 있다.

스킬 : 광분(Normal)

심안으로도 상대방이 가진 스킬의 설명을 읽지는 못하는
모양이다.

그나마 크레이지 하운드가 가진 스킬은 이름만 봐도 대충
무슨 효과를 지녔는지 상상할 수 있었다.

'미친개에겐 몽둥이가 약이지.'

능력치는 보잘것없다. 검을 들자 크레이지 하운드가 사방
에서 달려들었다.

"크롸앙!"

전방위를 차단당했지만 조급해하지 않았다.

가장 먼저 달려든 크레이지 하운드를 발로 강하게 차냈다.

덕분에 한쪽 방향에 구멍이 생겼고 나는 그 방향으로 등을 맞댄 후 가볍게 검을 그었다.

모든 방위가 막혔다고 공격이 0.1초의 오차도 없이 동시에 들어올 순 없다.

아주 짧은 틈.

그 틈만 발견할 수 있다면 다수의 상대를 제압하는 건 간단하다.

깨갱! 깨개갱!

죽은 크레이지 하운드는 해체되며 대기로 흩어졌다.

마나로 환원된 것이다.

애당초 이곳의 마나로 소환된 존재였으니 당연한 일이었다.

끝이 보이지 않을 거 같던 크레이지 하운드의 숫자가 빠르게 줄었다.

100마리가량을 없애자 틈은 더욱 커졌고, 그 사이로 무분별하게 검을 놀렸다.

마구잡이로 휘두르는 거 같지만 결과는 그렇지 않다.

팔목을 뻗을 때마다 적어도 한 마리 이상의 크레이지 하운드가 스러졌다.

300마리를 모두 없애는 데 10분 정도가 걸렸다.

[Victory. 모든 마수를 퇴치했습니다!]

쿠쿵!

상태창이 뜸과 동시에 닫혀 있던 석벽이 밑으로 가라앉았다.

그 숫자가 총 다섯 개.

다섯 갈래의 길 중 하나를 택해 나아가야 한다는 뜻이다.

'규칙을 정해두고 움직이는 편이 낫겠군.'

일단 가장 우측에 있는 길을 선택했다. 앞으로도 갈림길이 나오면 막힐 때까지 우측으로 이동할 것이다. 행동 수칙을 정한 즉시 철검을 들고 이동하기 시작했다.

"그래서요. 있잖아요. 이히가 생각해 봤는데……."

얼마쯤 걸었을까.

갑작스레 나타난 이히가 내 왼쪽 어깨 위에 앉아 재잘거리기 시작했다.

실체가 없는 요정이다. 던전 코어가 나와 연결된 상태여서 언제 나타나도 이상할 건 없었다.

왜 진즉에 안 나왔느냐고 물었더니, 내가 유니크 스킬을 조합한 걸 보고 생각에 잠겨 있었단다.

나는 그 말을 듣고 작게 감탄했다.

이 작은 것은 생각이라는 걸 하는 모양이다!

"아, 귀 간지러워. 누가 이히를 욕하나 봐요."

이히가 귀를 팠다. 후 하고 귀지를 불어낸 이히가 재잘거렸다.

"어쨌든요. 유니크 스킬은 정말 얻기 힘들거든요. 완전 비싸고. 저 같은 건 평생 가도 못 구할 거예요. 그런데 그걸 마스터는 슥! 삭! 뿅! 하고 만들었단 말이에요. 그래서 이히는!"

무언가를 다짐하듯이 이히가 주먹을 꽉 쥐었다.

"……?"

"생각하는 걸 포기했어요. 이히~"

그리곤 바보같이 웃으며 주먹을 풀었다.

이히는 어깨를 으쓱했다.

"고민하는 시간만큼 아까운 게 없더라고요. 이런 걸 보고 현명하다 하는 거겠죠?"

내가 아는 현명이란 단어의 뜻과 이히가 아는 현명의 사이에는 보이지 않는 거대한 벽이 있는 것 같았다.

"대단하군."

나는 영혼 없는 대답을 내놓았다. 그걸 칭찬으로 들었는지 이히가 날개를 사정없이 펄럭였다.

"이히."

기분이 좋은 것 같았다.

이히는 잠시 내 얼굴을 바라보다가 다시 바보같이 웃더니 쪽! 하고 뺨에 입술을 비볐다.

요정은 영체지만 던전 코어와 연결된 나는 만질 수 있다. 덕분에 느낌이 아예 없진 않았다.

"……."

살짝 미간을 찌푸린 뒤 손을 들어 어깨를 털어냈다. 귀찮은 모기를 쫓아내는 것처럼.

곧이어 손등에 부딪친 이히가 꺅 소리를 지르고 속절없이 날아갔다. 이히의 행동이 내심 기쁘긴 했지만 버릇은 초장에 잡아야 했다.

"힝, 너무해."

잠시 후 돌아온 이히는 투덜대며 내 옷깃을 잡았다.

나는 달리는 속도를 높였다.

이히는 방금 전에 나타났고, 그사이 다섯 개의 분기점을 돌파했다. 아직 갈 길이 구만리지만 슬슬 몸을 쉬어줄 필요가 있었다.

'하나만 더 돌고 쉬자.'

시간은 한정적이다.

8개월도 부족할지 모른다.

그래도 마냥 몸을 혹사시키는 건 좋지 않다.

여기서 죽어도 소멸되는 건 같다. 괜히 무리할 필요는 없었다.

조금 더 걷자 분기점이 나왔다. 거대한 방 안에 발을 들이는 순간 메시지 창이 떠올랐다.

[지정된 자리에 앉아 명상을 하십시오. 남은 시간 — 72:00]

[집중하지 않으면 시간이 초기화됩니다.]

방의 중앙에 네모난 모양으로 파인 장소가 있었다. 3일간 꿈쩍도 하면 안 된다는 메시지에 잠시 고민하다가 발을 옮겼다.

어차피 쉬려 했는데 3일이나 가만히 있게 해준다니 반가운 일이었다.

왜 명상 따위를 하라는 건지는 모르겠지만, 정신집중은 자신 있는 분야였다.

나는 가볍게 땅에 엉덩이를 붙였다.

그리고 후회했다.

23일!

명상의 방에서 보낸 시간이다. 무려 23일이란 시간을 주구장창 명상만 하면서 보냈다.

빠드득.

이가 갈린다. 살짝 움직이거나 조금이라도 정신이 풀어지면 어김없이 시간은 초기화가 됐다.

귀신같이 내 정신 상태를 알아보는 무서운 시스템이 아닐 수 없다.

나는 내가 그렇게 잡념이 많을 줄 몰랐다.

집중과는 전혀 다른 분야다. 집중은커녕 마음을 비워야 한다. 메시지 창에 띄워진 문구는 함정이었던 것이다.

그래서 23일이 걸렸다. 운이 나빴으면 8개월 내내 명상만 하고 있을 뻔했다.

'수련의 방에 관한 소식이 괜히 10년 뒤에나 들린 게 아니군.'

하기야 수련의 방은 던전 마스터라면 전부 들어갈 수 있다. 그런데 그에 관련된 소식이 10년 뒤에 귀에 닿았다.

그만큼 깨기 까다롭다는 것일 테다.

'뭐가 튀어나올지 모른다. 조금 더 긴장해야겠어.'

너무 쉽게 생각했다. 끈을 바짝 조일 필요가 있었다. 몇 차례 목을 꺾었다. 마음을 먹었으니, 이제 분기점에서 뭐가 튀어나와도 의연하게 대처할 수 있을 것이다.

Dungeon Hunter

[검을 100,000번 휘두르십시오.]

[물구나무로 방을 50바퀴 도십시오.]

[도망 다니는 '광증 돋은 토끼' 10마리를 잡으십시오.]

[상태 이상 '저주'에 걸립니다.]

혹시 내가 운이 없는 걸까?

분기점의 미션을 80개째 받았을 때 불현듯 든 생각이다.

90개를 넘어 100개에 달했을 땐 반쯤 수련의 방과 내가 인연이 없다고 여겼다.

쓰게 웃으며 꾸준히 미로를 탐험했다. 아직 시간은 남았다.

110, 120…… 149!

목표를 설정하지 않았다면 진즉 포기했을 거다.

포기하지 않았기에 149개의 방을 돌 수 있었고, 150개째의 방에 들어선 그 순간 침을 꿀꺽 삼킬 수밖에 없었다.

방을 막은 석벽은 하나뿐이었다. 끝인가?

[보스, 수호자 아르칼을 퇴치하십시오!]

끝이다!

눈을 번뜩인다.

아르칼은 2m 크기의 갑옷형 마수였다.

나는 전력을 다해 아르칼을 부쉈다.

능력치는 쓸 만했지만 149개의 방을 돌며 강해진 나에 비할 바는 못 됐다.

마침내 아르칼을 쓰러뜨리자 배경이 바뀌었다.

어느새 나는 던전 코어 앞에 서 있었다. 동시에 몇 개의 메시지 창이 떠올랐다.

[수련의 방 마지막 보스 아르칼을 격퇴했습니다!]

[최초로 수련의 방을 클리어했습니다. 칭호 '불굴의 전사'가 주어집니다.]

[최초로 수련의 방에 존재하는 모든 분기점을 돌파했습니다. 300,000pt가 지급됩니다.]

대략 8개월간 고생한 성과가 비로소 나타났다.

입을 굳게 다물고 허공에 떠오른 메시지 창을 몇 번이나 되뇌었다. 이어 마음을 가라앉힌 후 두말할 것 없이 상태창을 띄웠다.

이름 : 랜달프 브뤼시엘

직업 : 마계 백작(던전 마스터)

칭호 :

　*불굴의 전사(Exceptional Unique, 모든 능력치+2)

능력치 :

　힘 76(+2)

　지능 48(+2)

　민첩 72(+2)

　체력 80(+2)

　마력 62(+2)

　잠재력 (338+10/500)

특이사항 : 없음

스킬 : 스킬 조합(R), 심안(U)

[전후 비교]

　힘 64 지 42 민 59 체 72 마 50 잠재력 (287+0/500)

　힘 78 지 50 민 74 체 82 마 64 잠재력 (338+10/500)

괄목할 만한 성장이다.

무엇보다 칭호에서 눈이 떠나질 않았다.

불굴의 전사.

익셉셔널 유니크라니!

모든 스킬이나 칭호, 아이템의 등급은 노멀, 레어, 유니크, 에픽, 레전드 순으로 값어치가 정해진다.

그중 익셉셔널은 아주 뛰어나지만 그다음 등급보다 약간 못 미칠 때 붙곤 했다.

에픽에는 살짝 못 미치지만 유니크로서는 뛰어난.

그것이 익셉셔널 유니크 등급이다.

참고로 에픽 이상 등급의 무언가를 누군가가 얻었다는 소식은 거의 들어본 적 없다. 최후의 최후까지 말이다.

하나 불굴의 전사는 에픽과도 견줄 만했다.

무려 모든 능력치를 올려주는 칭호다.

특히 내게 있어선 한 가지에 특화된 것보다 훨씬 나았다. 부족한 능력치를 보강할 수 있으니까.

능력치 총합 348.

이 정도면 72명의 마족 중 선두 주자는 아니더라도 상당히 앞쪽에 위치해 있으리라 확신한다.

'고생 끝에 낙이 온다 했던가?'

인간들이 자주 입에 담던 속담이다. 그 말대로였다. 거기다 300,000포인트까지 얻었으니 8개월의 시간이 전혀 아깝지 않았다.

'이제……'

목적은 달성했다. 초보자 보호 기간도 거의 끝나간다. 포인트도 충분하다. 나는 가볍게 고개를 끄덕였다.

'던전을 강화할 시간이군.'

Chapter 2
이스터 에그

Dungeon Hunter

2016년 3월 14일.

사람들은 이날은 평생 잊지 못할 것이다.

아무런 이변도, 예고도 없이 세계에 동시다발적으로 72개의 던전이 나타난 날이기에.

던전은 그 하나하나가 육안으로 확인할 수 없을 만큼 컸으며 당연하다는 듯 하늘을 먹어버렸다.

거대한 그림자에 깔린 사람들은 모두 할 말을 잃었다.

감히 비교를 불허하는 스케일에 압도될 수밖에 없었다.

외계인의 집이다, 신이 기거하는 장소다, 지저세계의 물건이다 등 수많은 억측이 오갔다.

결국 몇몇 용감한 이가 호기심을 이기지 못해 들어갔다.

그리고 들어간 대부분의 사람이 돌아오지 못했다.

던전에서 생환한 생존자는 하나같이 괴물을 보았다며 몸을 잘게 떨었다.

아예 정신병에 걸린 사람도 있었고, 두려움을 이기지 못해 자살하는 이가 속출했다.

그러던 찰나, 미국의 존이라는 남자가 유튜브에 동영상 하나를 올렸다.

존이 핸드폰으로 촬영한 던전 내부의 모습에 세상은 충격에 휩싸였다.

던전의 안에는 온갖 마수가 날뛰고 있었다.

이 세상에 존재할 리 없는 괴물.

오로지 적의와 살의만을 가진 그것들!

그들 앞에서 인간의 육체는 간단히 허물어졌다.

"휘유~ 웬만한 CG 저리 가란데?"

"끔찍해!"

"이 영상은 합성이 아닙니다. CG 처리도 되지 않았습니다."

"2020년에 지구는 멸망합니다. 저 괴물들로 인해서 말이죠."

세상은 불안에 휩싸였고, 하루가 다르게 퍼져 가는 정보는 어떤 국가도 제재할 수 없었다.

유튜브, SNS, 블로그, 개인 방송, 신문 등 이야기가 퍼져 나갈 수 있는 곳이라면 어떠한 매체를 막론하고 화두로 삼았다.

날이 갈수록 의문은 덩치를 불렸다. 시간이 지날수록 불협

화음은 커졌다.

결국 미국 국방부 장관의 공식 발표가 진행된 후에야 무수히 많은 추측을 낳았던 던전의 실체가 백일하에 드러났다.

"그곳은 마굴. 던전입니다. 흔히 판타지 소설에 나오는 마수가 기거하는 장소 말입니다. 우리는 던전 내부를 살피고자 최첨단 기기를 모두 동원했지만 실패했습니다. 마수는 움직이는 건 설혹 그 크기가 아무리 작아도 공격하는 성향을 지녔습니다. 던전 외부는 막…… 그러니까 보이지 않는 배리어 (Barrier) 같은 게 쳐져 있어서 모든 공격을 무효화시킵니다."

꿀꺽!

긴장의 도가니다. 던전에 관한 이야기는 2016년의 으뜸으로 꼽히는 뜨거운 감자였다. 그에 관한 정보가 지금 흘러나오고 있는 것이다.

국방부 장관은 생수통에 든 물을 마시며 목을 축였다.

"우리는 특수 부대를 파견해 던전 내부의 탐색을 지시했습니다. 그러나 던전 내부에서 화기는 제대로 작동하지 않습니다. 마치 공간이 왜곡되는 것처럼 총알은 원하는 방향으로 날지 않고, 폭약은 폭발하지 않았습니다. 약한 마수는 그래도 어찌 해결할 수 있었지만 간혹 반칙적인 강함을 지닌 괴물이 존재했습니다. 모든 타격이 통하지 않으며 눈에 보이지 않을 만큼 빠른 괴물! 우리는 후퇴할 수밖에 없었습니다."

모든 기자가, 영상 매체로 지켜보던 모든 사람이 놀랐다.

던전이 나타나고 수개월.

여태껏 침묵하던 미국의 첫마디가 후퇴였으니 놀랄 수밖에 없었다.

무엇보다 현대의 화기가 던전 안에서는 전혀 통하지 않았다는 게 충격이었다. 던전 안에서 마수는 무적이란 소리가 아닌가.

"그러면…… 방법이 없는 겁니까? 만약 그것들이 바깥으로 나온다면 상당히 큰일일 텐데요?"

한 기자가 손을 들어 질문했다.

그러자 국방부 장관은 고개를 저었다.

"마수들이 까다로운 건 던전 안에서뿐입니다. 놈들이 바깥으로만 나오면 아무리 강력한 마수라도 현대의 무기로 충분히 상대할 수 있습니다."

던전 안에서 무기가 통하지 않는다고 손가락 빨며 구경만 하진 않았다.

목숨을 담보로 마수들의 데이터를 어느 정도 뽑아낸 상태다.

그 결과 던전 바깥이라면 피해가 상당하긴 하겠지만 죽일 수 있다는 결론을 내렸다.

약한 마수는 총만 있어도 충분하다. 던전이 위험한 이유는 던전 안에서는 총알이 아군을 노릴 확률이 높기 때문이다. 그래서 군대를 투입하지 못하는 것이다.

질문한 기자가 고개를 갸웃하곤 물었다.

"그럼 위험을 방치하는 게 아닌가요?"

국방부 장관이 얕게 미소 지었다.

"혹시 영웅(Hero)에 관해 들어보셨습니까? 동방에선 용사라고도 칭하는 사람들 말입니다."

"요즘 회자되고 있는 이들 말입니까?"

"예, 맞습니다. 그들은 유일하게 던전 내에서 마수와 맞설 수 있습니다."

던전이 나타났다.

하지만 던전만 나타난 것이 아니었다.

영웅 또한 나타났다.

다른 말로는 각성자.

그들은 던전이 나타남과 동시에 출현했다.

그들은 스스로를 영웅, 용사라 칭했다.

그들은 평범한 인간의 육체적 한계를 벗어나 있었다.

특히나 그들의 공격은 마수에게 치명적이었다.

총기로 수십 발은 쏴야 죽을 마수를 매우 손쉽게 처리하곤 했다.

"무엇보다…… 마수를 처치하면 코어(Core)가 나옵니다. 그것은 감히 현자의 돌이라 칭해도 부족함이 없는 물건입니다."

웅성웅성!

기자들 사이에서 소란이 일었다.

현자의 돌은 '완전한 물질'이라고도 불린다.

그것이 왜 지금 이 순간에 미국 국방부 장관의 입에서 튀어나온 것인지, 다소 생뚱맞게 들린다.

하지만 이어진 국방부 장관의 말에 그들은 다시 입을 닫을 수밖에 없었다.

마수를 사냥하면 나오는 코어.

새끼손톱만 한 크기의 코어도 상당한 에너지를 담고 있었다. 돌처럼 생겼으나 태우면 탔다.

그것도 몇 시간이나 계속해서 탄다. 타면서도 다른 에너지를 생성한다. 감히 신에너지라 칭해도 부족함이 없다.

게다가 코어를 갈아 상처에 뿌리면 감쪽같이 나았고, 물에 타서 먹으면 모든 병마가 조금씩 치료되었다.

정력을 증진시키거나 몸을 젊게 만들었다.

이것만으로도 현자의 돌이란 이름이 전혀 아깝지 않았다.

"허……."

"말도 안 되는 말이군."

이 사실을 알고 있던 이는 극소수였다.

하지만 오늘이 지나면 세계의 모든 이가 알게 될 것이다.

동시에 기자들은 의아해했다.

왜 이런 정보를 발설한 걸까?

이 정도의 정보라면 미국은 천문학적인 돈을 벌어들일 수 있었을 텐데.

하지만 미국의 생각은 달랐다.

던전은 72개나 존재한다. 결국 언젠가 탄로 날 비밀이었다.

그럴 바엔 조금 더 많이 알고 있는 자신들이 주도적으로 일을 진행시키는 게 이득이라 판단한 것이다.

무엇보다 각성자는 지금도 조금씩 늘고 있었다.

계속해서 비밀로 붙였다간 사회에 거대한 혼돈을 줄 터이다. 실제로 지금도 알게 모르게 회자가 되는 중이었다.

인간은 힘을 가질수록 악해지기 쉬운 종족이다. 그들은 사회에 많은 문제를 일으켰다.

더는 숨길 수 없다고 판단한 미국이 자신의 치부를 드러내면서까지 전면에 나섰다. 코어에 관한 기밀도 털어놓았다.

"우리는 각성한 그들이 다르다 하여 차별하지 않을 겁니다. 오히려 자격을 주고 대우하겠습니다."

미국이 이러는 이유는 간단하다.

더욱 많은 각성자를 유치하기 위해서!

처음에는 던전을 파괴하려 했지만, 코어의 쓰임새가 알려지고 그 가치가 천문학적임을 깨달았다.

코어의 가치는 석유에 비할 바가 아니다. 세상 어느 것도 코어의 가치와 비교할 순 없다.

던전은 한정되어 있으나, 마수는 끔찍하게 많았다.

마수를 퇴치하며 코어를 얻으려면 아주 많은 각성자가 필요하다.

근 미래. 마침내 그들의 가축화에 성공한다면…… 에너지원의 해결뿐 아니라 인류는 한발 더 나아가 '진화'할 수 있을지도 모른다.

영웅들은 던전을 탐사하며 비밀을 파헤치고 진리에 다다른다.

던전의 끝에는 코어와는 비교도 할 수 없는 물건이 있을 것이다.

인류가 진리에 다가갈 수 있는 기회였다. 적어도 그들은 그렇게 생각했다.

"그런데 정말 코어가 완전한 물질이란 말입니까?"

아직도 기자들은 쉬이 믿지 못하는 태도였다.

이에 국방부 장관이 씽긋 웃었다.

"우리는 우리가 가진 코어를 풀 용의가 있습니다. 국가에서 정식으로 요청한다면 대가 없이 드리겠습니다. 코어의 용도는 직접 확인해 보십시오."

그 말마따나 기자 회견이 끝난 즉시 미국은 가지고 있던 코어를 풀었다.

코어의 효과가 입증되는 데에는 오랜 시간이 걸리지 않았다.

그리고…….

대 영웅 시대의 막이 올랐다.

'초보자 보호 기간도 막바지로군.'

수련의 방을 깬 직후 나는 던전 코어를 이용해 던전의 내부 상황을 살펴보는 중이었다.

그래 봐야 1층을 제외하면 텅텅 비었지만 현황을 확인할 필요는 있었다.

'아예 방치했는데 생각보다 상황이 괜찮아.'

내정은커녕 수련의 방에 콕 박혀 있었다. 그런데 1층의 현황을 보아하니 가만히 내버려 둬도 몇 개월은 더 버틸 것 같았다.

'그렇다고 진짜 가만히 내버려 둘 수는 없지.'

던전을 지키고, 내가 강해지려거든 저들도 힘을 키울 필요가 있다. 그러려면 던전의 모든 층이 유기적으로 돌아가야 한다.

"내정 모드."

슈웅—

[내정 모드에 들어갑니다.]

던전 코어가 떨리며 곧 홀로그램을 띄웠다.

던전을 작게 축소한 모형이 떠올랐다. 총 31층의 던전은 1층을 제외하면 텅텅 비어 있었다.

반대로 1층엔 작은 파란색의 점이 무수히 많이 깔려 있었다.

입구 쪽에 보이는 몇몇 붉은색은 던전에 들어온 인간을 뜻하는 것이었다.

'코볼트 32,144마리, 고블린 87,112마리, 어스웜 12,246마리, 식육박쥐가…… 40만 마리? 이건 너무 많군. 줄일 필요가 있겠어.'

제대로 던전을 꾸리려면 던전의 생태도 신경 쓸 필요가 있었다.

특히나 식육박쥐는 배가 고프면 주변에 있는 모든 생명체를 공격하는 아주 흉포한 녀석이다.

동족도 심심치 않게 잡아먹는다.

'천적이 없어서 그렇겠지. 그래도 너무 늘어났다.'

이대로 식육박쥐가 마음껏 설치면 1층은 식육박쥐만 남을 것이다. 좋지 않은 현상이었다.

곰곰이 고민하다가 어깨 위에서 꾸벅꾸벅 졸고 있는 이히에게 물었다.

"식육박쥐의 천적이 뭐지?"

"흐읍! 네, 네? 이히 안 졸았어요!"

"침이나 닦고 말해라."

이히가 열심히 양손으로 흘린 침을 닦았다.

"흠흠. 식육박쥐의 천적 말이죠? 이히가 아주 잘 알고 있답니다. 고양이, 뱀, 족제빗과 마수예요."

고양이나 족제빗과 마수는 코볼트와 고블린이 쉽사리 사냥할 수 없다.

물리고 물리는 관계를 형성해 놔야 생태가 알아서 돌아간다.

"뱀과의 마수는 뭐가 있지? 저렴하면 좋겠는데."

최하급 마수도 던전에 들이려면 포인트가 든다.

특히 이번처럼 천적관계를 형성할 때 들어가는 포인트는 상당하다.

한두 마리 풀어놓는다고 식육박쥐를 억제할 순 없기 때문이다.

"에일스네이크가 마리당 20포인트로 가장 저렴해요."

에일스네이크는 최하급 중에서도 최하급 마수다.

대신 주변 환경에 빠르게 적응하고 동화할 수 있다. 시력이 좋지 않은 식육박쥐를 상대로는 제격이다.

적당히 독도 가지고 있어서 들어오는 용사들을 상대로도 선전해 줄 것이다.

"몇 마리를 풀어야 적당할까?"

"이히가 볼 때는 말이죠. 음, 한 천 마리는 풀어야 하지 않을까요?"

단박에 20,000포인트라.

어지간한 마법 물품 하나 값이었다.

하나 1층의 생태를 보전하려면 필요한 투자였다.

"에일스네이크 천 마리를 구입하겠다."

동시에 메시지 창이 떠올랐다.

[에일스네이크 1,000마리를 20,000pt에 구매하셨습니다.]
[던전 내에 풀어놓을 장소를 지정해 주세요.]

"1층에 무작위로."

[에일스네이크 1,000마리가 무작위로 배치됩니다.]

메시지 창이 사라지자마자 던전의 내부를 투사한 홀로그램에 파란점이 늘어났다.

이런 식으로 대량 구매할 수 있는 최하급 마수는 그다지 효율이 좋진 않다.

지능이 너무 낮아서 던전 마스터의 명령에도 따르지 않는다. 알아서 증식하며 알아서 죽는다.

이번 투자는 어디까지나 던전의 생태를 지키고, 용사를 정상적으로 양식하기 위한 일환일 뿐이었다.

1층은 정리가 됐다. 이제 나머지 층을 살필 차례다.

'4층까지는 난이도가 조금씩 올라가게 조정해야겠군. 자신이 강해지고 있다는 성취감이 들 수 있도록. 모험, 탐구…… 마법 물품을 곳곳에 조금씩 풀어놓는다면 더욱 동기가 강해지겠지.'

나는 그들이 잘 클 수 있게 다방면에서 도와줄 작정이다.

용사 육성 계획!

내가 세운 몇 가지 계획 중 하나이며 중심.

그 첫발자국을 지금 막 뗀 것이다.

나는 이마를 두드리며 나머지 층에 배치할 마수를 고민하기 시작했다.

너무 급격하게 난이도가 올라가선 안 된다.

계단을 오르듯 단계별로 배치해야 서로에게 득이 된다.

급격하게 난이도가 높아지면 용사들은 굳이 던전을 오르려 하지 않을 것이고, 약한 마수를 잡거나 퀘스트를 진행하며 충분히 강해진 다음에나 시도할 것이다.

그러면 시간이 너무 걸린다.

게다가 배치한 마수에 비해 용사들이 강할 경우 당연히 나는 포인트를 얻을 수 없다.

투자한 포인트도 회수할 수 없게 된다.

'2층은 오크를 소수 섞어야겠어. 놈들은 번식률이 뛰어나니 많이 필요하진 않겠지. 3층부턴 코볼트와 고블린 우두머

리를 몇 마리 두고…….'

우두머리가 통솔하는 마수는 조금 더 조직적으로 변한다.

상대하기 까다로워지는 것이다.

우두머리 자체도 같은 종보다 훨씬 뛰어났다.

그래서 구매에 필요한 포인트가 만만치 않았다.

'10만 포인트가 순식간에 날아갔군.'

한 번에 대량 구매를 행하자 포인트가 증발하듯 사라져 간다.

아직 240,722포인트가 남았지만 최대한 아낄 생각이다.

'4개월 뒤에 열리는 마계 옥션. 그곳에서 살 것들이 있으니까. 포인트는 많을수록 좋지.'

1년에 한 번씩 열리는 마계 옥션.

마신 데스브링어의 이름으로 열리는 경매장이다.

그곳엔 상점에 팔지 않는 귀한 매물이 존재하고, 경매로 구매할 수 있었다.

원하는 걸 전부 사려면 24만 포인트도 부족하다.

생각 같아선 한 백만 포인트쯤 있으면 좋을 것 같았다.

'특히 반용족(半龍族)은 반드시 구매해야 한다.'

마계 옥션에선 노예도 구할 수 있다.

다른 마계의 생명체와 다르게 옥션에서 구매한 모든 것은 던전으로 가져올 수 있었다.

개중에는 던전 코어를 지키는 가디언(Guardian)의 재목도

가끔 나왔다.

던전 코어는 던전의 중심이고 가장 중요한 물건이다. 당연히 그것을 지킬 가디언은 던전에서도 뛰어난 이가 맡아야 한다.

용족의 피가 흐르는 반용족 크라스라!

대공 우파의 가디언 중 하나.

전생에서 마창을 사용한 마창술사로 이름이 높았다.

모든 마족이 부리는 마수 중 서열 백 위 안에 든 초강자다.

그 강함은 피부로 느껴질 정도다.

크라스라는 특히 인간을 잔인하게 죽였다.

원한이라도 있는 양 인간에게 무한한 증오를 쏟아부었다.

어찌나 잔인한지 지켜보는 마족들이 하나같이 혀를 내둘렀다고.

그가 휘두르는 창에 스러진 인간 용사의 생명은 헤아릴 수 없을 지경이었다.

그런 녀석이 이번 옥션에 나온다. 낙찰가는 기억나지 않지만 상당할 것이다. 24만 포인트로도 부족할지 모른다.

'강한 마수는 강한 마족의 척도 중 하나지.'

당장에 내가 손에 거머쥘 수 있는 마수 중 크라스라는 우선 영입 1순위다. 포인트를 전부 사용해서라도 손에 넣어야 한다.

성정은 난폭하지만 노예의 각인이 새겨져 있는 한 주인을 배신하진 못한다. 적당히 훈련시키면 플로어 마스터나 던전 코어 가디언도 충분히 해낼 수 있는 재목이었다.

'포인트를 더 벌 수 있으면 좋겠는데…….'

던전 내의 마수들이 용사를 죽이면 포인트를 얻긴 한다.

그러나 지금은 초창기다. 약한 용사를 죽여 봐야 몇 포인트 오르지도 않았다.

많이 죽이면 되지 않느냐? 라고 묻는다면 가볍게 조소를 흘려줄 것이다.

그것이야말로 황금을 낳는 거위의 배를 가르는 짓이다.

'지금 내가 달성할 수 있는 업적이 있나?'

무언가 업적을 달성했을 때 상당한 포인트를 얻을 수 있다.

최초로 유니크 스킬을 조합하고, 최초로 수련의 방을 깔끔하게 격파하자 포인트를 주지 않았던가.

그 외에 마족들과 거래하는 것도 한 가지 방법이긴 하지만, 4대공과도 적대적인 나와 거래를 틀 마족은 없을 것이다.

'초보자 보호 기간……. 흠, 1층에 무작위로 나타난 마수를 전부 쓸어버리면 뭔가 나올 거 같기도 한데.'

초보자 보호 기간 동안 누가 뭔가를 얻었다는 이야기는 들어본 적이 없었다.

모든 마족이 적응하기에도 바쁜 시간이었으니 어쩔 수 없는 일이다. 그래도 당장 업적을 얻을 수 있는 일은 이것뿐이었다.

지금 내 실력이면 죽지는 않을 거다. 운 나쁘게 블랙 워리어(Black Warrior)나 암흑기사 같은 것만 소환되지 않았다면 해볼 만했다.

지금 내 실력은 마족들 중에서도 순위권이다. 수련의 방에서의 성과와 칭호의 효과면 공작들과도 붙어도 할 만할 것 같았다. 물론 시간이 지날수록 그들은 더욱 빠르게 강해지겠지만 당장은 내가 우위에 있었다.

'최초가 아닐 수도 있다는 게 걸리는군.'

반드시 최초로 해내야 성과를 주는 건 아니다. 그러나 최초로 무언가를 해낸 업적은 그만큼 고평가를 받는다.

얻는 이득이 쏠쏠하다는 뜻이다.

공작급 아래의 마족이야 1층을 쓸어버리겠단 생각 자체를 하지 않겠지만 공작이나 대공은 입장이 다르다.

애당초 시작점이 다른 이들이다.

물론 그런 그들도 상당히 모험을 해야 쓸어버릴 수 있는 게 무작위로 소환된 마수였다.

모험을 싫어하는 마족이라면 가만히 놔둬도 없어질 것들을 굳이 건드리진 않을 터였다.

'15일 안에 할 수 있을지는 몰라도, 해보자.'

시간이 없다.

초보자 보호 기간은 고작 15일이 남은 상태.

결단을 내린 나는 내정 모드를 종료하고 던전의 1층으로 발을 옮겼다.

김용우.

그는 던전이 나타남과 동시에 각성한 '스타터'다.

한국에서 유명한 스타터는 다섯 명. 그중 하나가 김용우였다.

당연히 다른 각성자들과는 차별화된 노하우를 가지고 있었다.

그를 토대로 던전 공략을 하며 그는 누구보다 빠르게 '부'를 쌓을 수 있었다.

마수를 사냥하여 얻을 수 있는 코어의 값어치는 천문학적이니까.

천명회(天命會)라 이름 지은 길드도 만들었다. 다른 네 명의 스타터 역시 그들만의 길드를 운영했는데, 천명회도 그에 뒤지지 않았다.

길드원 중에는 코어를 이용해 물건을 만들 수 있는 사람도 있었다.

대장장이니 인챈터니 하는 직업을 가진 자들 말이다.

그들이 만든 무기를 이용해 더욱 수월히 던전 사냥을 해냈다.

반대로 무기를 다른 각성자에게 팔기도 하며 벌써 수백억 대의 자산을 축적하였다.

'인생역전이었지.'

각성하고 고작 7개월 조금 더 지났을 뿐이다.

그런데 신문 배달, 우유 배달, 공사판을 전전하면서도 하루에 라면 하나로 연명하던 때와는 비교도 안 될 생활이 가능해졌다.

얼마나 부유한지 농담이 아니라 강남에 길드 전용 빌딩을 하나 세울 정도였다.

'용우야. 인생 한 방이다. 한 방. 9회 말 2아웃 역전 홈런이라고, 자식아. 크크……'

각성자가 되지 못했다면 꿈도 꾸지 못했을 호화로운 나날.

김용우.

그는 선택받은 자였다.

천명회라 이름 지었듯 그는 자신이 하늘의 선택을 받았다고 생각했다.

천애고아지만 그게 어때서?

중졸인 게 대수인가?

대한민국이란 나라는 돈만 많으면 장땡이다.

전에는 몰랐지만, 대한민국은 정말 돈 많은 이가 살기 좋은 나라였다.

돈만 있으면 못하는 게 없었다. 안 되는 게 없었다.

매일 자신을 욕하고 무시하던 이들이 지금은 발아래 있다.

아침엔 전용 수영장에서 수영을 하고, 저녁엔 아름다운 모델들과 뜨거운 밤을 보냈다.

그렇게나 하루하루가 지옥 같았는데. 하루에도 수십 번씩 죽고 싶은 마음이었는데.

지금은 언제 그랬냐는 듯 매일이 즐겁다.

웃음이 입가에서 떠나질 않는다.

인식의 차이인가? 정말 자리가 사람을 만든 건가?

애벌레가 나비로 탈피하듯 그는 전혀 다른 존재가 되었다.

다른 각성자들조차 그는 대수롭지 않게 생각했다. 진정으로 하늘의 선택을 받은 자는 자신뿐이라고 믿었다.

대한민국에서 그가 갑이요, 왕이었다.

"씨바알……."

하지만 지금 그가 있는 곳은 던전.

대한민국이되 대한민국이 아닌 장소다.

던전의 마수는 돈이 많다고 봐주지 않았다.

김용우는 벽에 기대 인상을 찌푸렸다.

관통당한 허벅지에서 피가 줄줄 흘러내린다.

그는 상의를 찢었다.

찢은 천을 허벅지에 묶고 강하게 조였다.

코어를 갈아 만든 포션이 있으면 좋겠지만 지금 그가 가지고 있는 건 아무것도 없었다.

무기도 동료도 내팽개치고 도망갔기에 있을 리가 없었다.

'개 같은 놈. 병신 같은 놈.'

12명의 공격대원이 자신 빼곤 전부 죽었다.

누군가가 살아 있으리란 생각은 전혀 들지 않았다.

그도 그럴 게, 그들을 습격한 건 진짜 괴물이었으니까.

각성자들 사이에서 은연중 떠도는 소문.

던전에는 규격 외의 괴물이 존재한다는 이야기.

괴물을 만나면 절대로 살아 돌아올 수 없다고 했다.

김용우는 코웃음 쳤다.

던전은 벌써 수십 번이나 들락거렸다.

들어갈 때마다 보이는 건 난쟁이 같은 마수들뿐이었다.

실력에 자신도 있었다.

그는 누구보다 열성적으로 자신의 능력을 키웠다. 잠자는 시간마저 줄이며 미친 듯이 몰두했다.

나올 테면 나오라지. 그렇게 생각한 적도 있었다.

그런데…… 오늘, 마수를 몰이하던 가더가 그 괴물을 데려왔다. 무슨 짓을 했는지 어그로가 잔뜩 끌린 상태로.

김용우의 자신감은 산산조각 났다.

공격대원 12명이 변변히 반항 한 번 하지 못하고 종이처럼 찢겨 나갔다.

"후욱, 후욱……!"

방금 전 벌어진 일을 떠올리자 숨이 가빠온다.

소문은 그저 부풀려진 망상이 아니었다. 진짜였다. 과대평가가 아니라 과소평가당했다.

정말 거지같은 일이다. 그나마 목숨 부지한 게 천만다행일까?

하지만 생환할 가능성은 낮다. 뒤돌아보지 않고 도망치느라 던전 깊숙한 곳으로 들어와 버렸다. 범의 아가리에 목을 들이민 꼴이다.

'난, 나는 선택받았다. 하늘의 선택을 받았단 말이다!'

김용우는 이를 갈았다.

그리고 몸서리를 쳤다.

선택받은 자신이 죽을 리 없다.

맞다. 이건 하늘의 시련이다.

하늘은 인간이 이길 수 있을 정도의 시련만 준다고 했다. 선택받은 자신에게 불가능한 시련을 내려줄 리가 없다.

"크르르르!"

동시에 언제 떨렸냐는 듯 몸이 굳는다.

김용우는 천천히 고개를 돌렸다.

그곳엔 침을 뚝뚝 떨어뜨리는 마수가 있었다.

인간과 비슷한 외양이지만 인간이 아니다.

검은색 갑옷을 입은 그것은 침을 뚝뚝 떨어뜨리며 김용우를 바라보고 있었다.

'이건 시련이다. 그러니까 저건 환상이다. 아니, 아직 나는 꿈을 꾸고 있는 거야!'

현실을 도피해도 바뀌는 건 없었다.

인간형의 마수는 갑옷 안의 몸이 마치 미라인 양 전부 쭈글쭈글했다.

그와 반대로 송곳니와 손톱은 피부를 단박에 뚫어버릴 만큼 뾰족했다.

규격 외의 괴물이다. 공격대를 전멸시킨 괴물과는 달랐다.

한 마리가 있으면 두 마리도 있을 수 있다는 걸 전혀 생각하지 못했다.

마수와 눈을 마주치는 순간 김용우는 자신의 죽음을 예감했다.

'제발, 제발⋯⋯.'

마수가 다가왔다. 김용우는 눈을 질끈 감았다.

"크르?"

몇 발자국을 남겨두고 마수가 멈춰 섰다. 그러더니 한동안 움직이지 않았다.

김용우는 감았던 눈을 떴다.

"다크 워리어라⋯⋯. 귀찮게 됐군."

동시에 마수의 반대편에 서 있는 사람을 발견했다.

조각같이 잘생긴 미남이었다.

서리가 풍길 듯 차가운 분위기의 소유자였다.

하지만 그가 풍기는 기도는 마수와 비교해도 전혀 떨어지지 않을 만큼 흉포했다.

허리에 찬 검은 꺼내지도 않았다. 그럼에도 한없이 여유로워 보인다.

그래서일 것이다. 마수도 남자에게 쉽사리 덤벼들지 못하는 이유가.

남자는 슬쩍 눈길을 돌려 김용우를 바라봤다.

"먼저 온 손님인가?"

"아, 아니…… 아니요, 난……."

김용우는 횡설수설했다.

방금 전까지 욕설을 내뱉던 태도와는 사뭇 다르다.

본능적으로 이게 자신에게 주어진 마지막 동아줄임을 알아봤기 때문이다.

그러자 남자는 아무 말 없이, 무언가를 보는 것처럼 김용우가 있는 곳을 가만히 응시하다가 '흠' 하고 침음을 내뱉었다.

"아직 덜 여물었군."

뭐가 덜 여물었다는 거지?

궁금하지만 묻지 못했다. 물을 수가 없었다.

일순간 보인 남자의 눈이 자신을 먹이로 여기는 마수의 그것과 별다를 게 없다고 느껴진 것이다.

"크르르!"

자신이 무시를 당했다고 느껴서일까.

마수가 조금씩 움직이기 시작했다.

그제야 남자가 검을 뽑았다. 김용우의 눈이 화등잔만 하게 커졌다.

대장장이 직업을 가진 영웅들. 그들은 코어를 이용해 검을 제련할 수 있었다.

코어를 철과 섞은 뒤 스킬과 제련 기술을 이용해 검을 만들면, 아주 막강한 검이 탄생하는 것이다.

그런 검은 으레 코어의 냄새가 미약하게 풍긴다.

마력의 향이라고 부르는데, 강한 친화력을 가진 소수의 용사만 그 냄새를 맡을 수 있다.

김용우는 마력의 향을 맡을 수 있는 각성자였다.

그리고 저 검에선, 그 냄새가 아주 강렬하게 풍겼다.

'코어를 얼마나 써야 이런 냄새가 풍기는 거야? 그만한 코어를 제련할 수 있는 대장장이가 있긴 하나?'

자신이 아는 한도 내에선 없다. 말로만 전해 듣던 레어 등급 스킬이면 가능할까 싶었다.

중국의 한 각성자가 그런 등급의 스킬을 가지고 있다는 얘기를 들은 적이 있긴 했다.

하지만 그조차도 공격 관련 스킬이다. 제련처럼 레어 보조 스킬을 가진 사람은 아예 없었다.

각성자에 관해 상당한 정보를 모으고 있는 김용우가 모른다면 정말 없을 가능성이 높다.

캉!

그때, 공방이 시작됐다.

마수가 남자의 검을 맨손으로 받았다.

세상에. 저만한 검조차 통하지 않는 피부라니!

하지만 공격은 거기서 그치지 않았다.

캉! 캉! 카앙!

김용우는 도망칠 생각도 하지 못하고 침을 꿀꺽 삼켰다. 남자의 몸놀림은 상상 이상이었다. 눈에 제대로 보이지도 않았다.

하나 그것은 마수도 마찬가지.

한 치의 물러섬 없이 오로지 머리만 노린다. 단 한 번. 공격을 허공하면 머리를 날려서 끝내겠다는 의지가 절절하게 느껴진다.

'저자는 대체?'

지능을 가진 마수?

딱히 그런 것 같진 않다. 그러나 마수가 아니라면 도저히 지금 남자의 움직임은 설명이 되지 않았다.

김용우는 각성했을 때보다 더욱 큰 충격을 느끼고 있었다. 거친 파도에 잡아먹힌 기분이다.

그는 자신이 코끼리인 줄 알았다. 다른 인간은 모두 개미로 여겼다. 때론 가지지 못한 개미들이 욕을 하기도 했지만 웃으며 넘겼다.

그들과 열을 올리며 논쟁을 하기엔 수준이 맞지 않았다. 개미가 욕한들 코끼리가 화를 내겠는가.

하지만…… 저 남자의 입장에서 보면 김용우 자신도 결국 은 개미와 같아 보이지 않을까.

진정으로 선택받은 자가 있다면, 그것은 저 남자와 비슷한 부류일지도 모르겠다는 생각이 불현듯 들었다.

김용우란 인간을 지탱하던 탑 하나가 와르르 무너져 내리 는 순간이었다.

촤악!

그 순간 마수의 오른팔이 날아갔다.

강철보다 단단해 보이던 팔이 잘려 나간 것이다.

쿵!

이어 마수의 무릎이 꿇렸다.

남자는 손에 사정을 두지 않았다. 단번에 무릎 꿇은 마수 의 목을 날려 버렸다.

데구르르…….

마수의 목이 김용우를 향해 굴러왔다.

"흐읍!"

멍하니 있다가 마수의 얼굴을 보고 깜짝 놀란 김용우가 뒷 걸음질을 쳤다.

하지만 등 뒤는 벽이다. 뒤로 빠질 구멍은 전혀 없었다.

마수의 얼굴은 당장에라도 달려들어 자신을 산 채로 물어뜯을 거 같았다.

바지가 촉촉이 젖어 바닥에 소변을 뿌린 것조차 인식하지 못할 만큼 김용우는 겁을 먹었다.

마수가 죽자 도리어 죽음에 대한 공포가 커졌다.

슬쩍 고개를 돌려 남자를 바라봤다.

창백한 얼굴. 기세는 전혀 수그러들지 않았다.

이젠 인정할 수밖에 없다.

남자는 코끼리다. 자신은 개미다. 그가 밟으면 죽는다. 코끼리가 개미를 죽이는 데 양심의 가책을 느낄 리도 없다.

거기까지 생각이 미치자 김용우는 급히 일어나 오체투지를 했다. 바닥에 이마를 박은 채 빌었다.

"살려……."

남자의 무덤덤한 눈빛이 김용우에게로 향했다.

"지금 달려간다면 무사히 던전을 빠져나갈 수 있을 거다."

김용우는 덜덜 떨리는 몸을 억제하며 고개를 들었다.

"저, 정말 살려 주시는 겁니까?"

"너 따위를 죽여 내게 무슨 이득이 있지?"

"혹시 돈이 필요해서……."

"그냥 지금 죽이는 게 낫겠군."

쿵!

김용우가 다시 머리를 박았다.

"사, 사, 살려 주십시오!"

남자는 한심하다는 듯 혀를 찼다.

"내 마음이 바뀌기 전에 꺼져라. 3초 주마. 3, 2……."

"가, 감사합니다!"

자리에서 일어난 김용우는 크게 고개를 숙였다.

그리곤 뒤도 돌아보지 않고 냅다 입구 방향으로 뛰기 시작
했다.

잠시 그 뒷모습을 바라보던 남자가 입맛을 다셨다.

Dungeon Hunter

[믿기 힘든 업적! 초보자 보호용 마수를 전부 쓰러뜨렸습니다!]

[100,000pt가 지급됩니다.]

15일간의 대장정이 막을 내렸다.

그것도 초보자 보호 기간이 끝나기까지 고작 몇 분을 남겨
두고.

'하마터면 늦을 뻔했군.'

남은 시간을 확인한 나는 고개를 내저었다.

고작해야 3분 남짓 남았을 따름이다.

이번만큼은 나조차도 피가 말릴 수밖에 없었다.

'최초가 아닌 건 아쉽지만.'

이마에 흐르는 땀을 훔친다.

혹시나 싶었지만 역시나 최초는 아닌 것 같았다.

'그래도 10만 포인트면 괜찮은 성과다.'

최초로 해냈다면 15만 내지 20만 포인트 정도는 받았겠지만 후회해 봐야 늦은 일이다. 이내 깔끔하게 털어버렸다.

10만 포인트는 결코 적은 수치가 아니니까. 업적 표시가 뜨지 않았다면 아무것도 얻지 못했을 수도 있었다.

'업적은 웬만하면 공개하지 않으니……'

업적은 무한히 존재하지 않는다.

아예 한 번만 할 수 있거나, 많아야 5번을 넘기면 자연스럽게 소멸하는 경우가 절대다수다.

때문에 자신의 계파 마족이 아니면 공개하지 않는다.

나는 뭐, 인간들의 말마따나 솔로플레이어였던 탓에 업적 관련해선 아는 게 적다.

초보자 보호 기간 동안 랜덤으로 생성되는 마수를 처리하는 것도 반쯤 추측으로 움직이지 않았던가.

하지만 업적이 발생하는 원리를 대강 안다. 일단 움직이면 높은 확률로 업적 관련 포상을 얻어낼 수 있다는 뜻이다.

3분여가 지나자 메시지 창이 떠올랐다.

[초보자 보호 기간이 끝났습니다!]

[8개월간의 결과를 합산합니다.]

[4개의 업적을 달성했습니다. 업적 점수 총합 1,250점!!]

[3급 이스터 에그(Easter Egg)가 개방됩니다.]

……음?

처음 보는 문구에 당황하고 말았다.

원래는 초보자 보호 기간이 끝났다는 문구만 나타나야 정상 아닌가?

밑의 두 줄은 생소하기 그지없었다.

게다가 이스터 에그라니.

그런 것이 있다는 건 들어본 적이 없었다. 나도 처음 보았다.

그때였다.

['그림자 황제의 보물 창고'가 열렸습니다. 용을 사육할 정도로 마법의 진수가 발달했던 마도 시대. 그림자 황제는 마도 제국 최악의 폭군으로서 욕심이 많았던 인물입니다. 중간계의 인간이지만 신조차 인정할 강함을 지녔던 자로서, 그의 보물 창고에는 수만 년간 잠든 막대한 유산이 존재합니다.]

[보상 목록이 갱신됩니다. 보상은 하나만 선택할 수 있습니다.]

[아타샤의 검(Epic), 힘의 물약(중), 마룡왕의 뿔, 호문클루스, 잔혹한 사령관의 군단…….]

[경고! 보물 창고에 잠들어 있던 나락군주의 심장이 강제 전이됨

니다!]

　[경고! 제거되지 않은 나락군주의 영혼이 침범을 시도합니다!]

　―카카카! 멍청한 신들! 이때만을 기다렸다. 나는 부활할 것이다. 얌전히 육신을 내놓아……?! 자, 잠깐, 이건? 한낱 마족의 몸 따위에 왜 이런 게! 크아아악!

　[알 수 없는 힘에 의해 나락군주의 영혼이 소멸되었습니다.]

　[나락군주의 심장이 무사히 안착합니다.]

　[보상 선택이 완료되었습니다.]

　"킥!"

　나는 붉은 피를 게워낸 후 심장을 부여잡고 바닥에 쓰러졌다. 그리곤 오한이 든 것처럼 몸을 부들부들 떨었다. 전신에 핏기가 사라졌다.

　"끄윽."

　울컥!

　입가를 타고 올라오는 피의 양이 점점 많아진다.

　이어 코에서, 눈에서, 모든 모공에서 피가 철철 흘러나왔다. 전신의 피가 다 빠져나가는 느낌!

　정신을 차릴 수가 없었다.

　"흐으……."

살아생전 당한 고통을 전부 합치면 지금의 강도가 될 것 같았다.

지렁이처럼 몸을 꿈틀대며 이를 악물었다. 하지만 가느다란 생명 줄만큼은 절대로 놓지 않았다.

워낙 빠르게 진행된 일이라 대비할 수도 없었다.

고통은 점점 강해져만 갔다.

흰자위가 드러나고 악 물린 입에선 얕은 신음이 흘러나온다.

이윽고 나는 정신을 잃었다.

얼마의 시간이 흘렀을까.

"후우."

자리에서 일어난 나는 짙게 한숨을 내쉬었다.

피는 깨끗이 지워져 있었다. 고통도 거짓말처럼 사라졌다. 방금 전 일이 꿈과 같이 느껴질 정도다.

내 옆에선 이히가 불안하다는 눈초리로 나를 바라보고 있지 않았다면, 정말 꿈으로 치부해 버렸을지도 모르는 일이었다.

"마스터! 괜찮으세요?"

"내가 얼마나 쓰러져 있었지?"

"이제 삼 일째예요. 이히는 마스터가 죽는 줄 알았어요. 훌쩍! 마스터 바보, 멍게, 해삼, 말미잘……."

이히가 눈물 콧물을 질질 흘리며 주먹을 쥐고 내 옆구리를 때렸다.

그러나 이히를 돌볼 여유가 없었다. 나는 어지러운 머리를 털어내고 기절하기 전의 상황을 떠올렸다.

'3급 이스터 에그. 나락군주의 심장.'

보상 목록이 나타나다가 난데없이 나락군주의 심장이 파고들었다. 나타난 걸로도 모자라 강제 이식을 당하고, 몸을 빼앗길 뻔했다.

하지만 무슨 이유에서인지 나락군주의 영혼은 소멸되었다. 뒤에 남은 건 심장의 동조 현상과 몸서리처질 수준의 고통!

'내 몸에 무슨 일이 일어난 거지?'

하나 지금은 몸이 가볍다. 전과는 비교가 될 수 없을 만큼. 나는 여러 동작을 취하며 몸을 움직였다.

'혹시?'

무언가가 바뀌었다면 상태창이 갱신됐을 것이다. 움직임을 멈춘 채 빠르게 상태창을 불러왔다.

이름 : 랜달프 브뤼시엘

직업 : 마계 백작(던전 마스터)

칭호 :

　*불굴의 전사(Ex U, 모든 능력치+2)

능력치 :

힘 77(+2)

지능 63(+2)

민첩 73(+2)

체력 80(+2)

마력 82(+2)

잠재력 (375+10/500)

특이사항 : 나락군주의 심장을 이식했습니다. (온전한 힘을 개방하지 못

한 상태입니다.)

스킬 : 스킬 조합(R), 심안(U)

[전후 비교]

힘 78 지 50 민 74 체 82 마 64 잠재력 (338+10/500)

힘 79 지 65 민 75 체 82 마 84 잠재력 (375+10/500)

"……미쳤군."

저도 모르게 나온 소리다. 그 정도로 지금의 상황에 놀라
고 있었다.

내 고질적인 문제였던 지능과 마력이 큰 폭으로 상승했다.

지능이 15, 마력이 20…….

직접 보지 않았다면 믿지 못했을 것이다. 그런데도 아직
상승할 여력이 남아 있었다.

지능이 높으면 뭐든지 배우는 속도가 빨라진다. 당연히 스

킬의 숙련도도 빠르게 올릴 수 있다.

상태 이상을 거는 상황이나 스킬에 더욱 저항할 수 있게 된다.

마력은 스킬의 파괴력을 올려준다. 아무리 좋은 스킬을 익혀도 마력이 낮으면 소용이 없다.

또한, 지배력과도 밀접한 관계가 있었다. 카리스마라고 해야 할까?

나는 태생적으로 그 두 개의 능력치가 낮았다.

능력치는 고르게 올리는 것이 제일 좋지만 올리려고 해도 쉽게 올릴 수가 없었다.

그런데 나락군주의 심장으로 인해 고질적인 문제가 어느 정도 해결되었다.

지능은 조금 더 올릴 필요가 있지만 이 정도만 해도 감지덕지다.

'생각지도 못한 선물이군.'

육신을 뺏겼다면 얘기가 다르지만 지금은 온전히 심장을 받아들인 상태다.

한 치 앞을 알 수 없는 게 세상이라더니, 딱 들어맞는 상황이지 않은가.

헛웃음을 흘렸다.

'초보자 기간 안에 몇 개의 업적을 클리어하는 것이 개방 조건이었던 모양인데……'

느닷없이 업적에 따른 점수를 매긴 걸 보아 그것이 개방 조건인 듯싶다.

그리고 이스터 에그를 만든 마신도 나락군주의 심장이 갑작스럽게 튀어나올 것은 예상하지 못한 것 같았다.

경고가 두 번이나 튀어나온 것을 보면 말이다.

그러리라고 확신하는 이유도 있었다.

'나락군주의 심장에 비하면 목록에 보인 것들은 쓰레기나 다름없다. 정말 3급의 보상이 맞는 걸까?'

무려 에픽급의 아타샤의 검, 마룡왕의 뿔, 아예 마수군단 하나를 통째로 얻을 수도 있는 기회였지만, 그런 것들과 비교해도 나락군주의 심장은 격이 다르다.

3급의 보상이라는 게 믿기지가 않았다.

'시스템상의 실수이거나, 나락군주가 무슨 수를 써서 시스템상의 허점을 만든 것이거나…….'

불현듯 드는 불안에 인상을 굳혔다.

'설마 준 것을 도로 뺏어가진 않겠지?'

이미 이식은 완료됐다. 다시 빼 간다면 나는 확실하게 죽는다.

나는 나락군주의 영혼도 마신이 만든 시스템에 의하여 요격당했다고 생각했다.

부작용을 없애 줬다는 건, 그대로 사용하라는 뜻이 아닐까?

'하여간 기분은 좋군.'

다소 찜찜하긴 했으나 나는 강해졌고 앞으로도 더욱 강해질 수 있는 기회를 얻었다.

생각지도 못한 수확이니만큼 기분이 좋았다.

"마스터?"

내가 웃자, 이히는 눈을 깜빡이며 고개를 갸웃할 뿐이었다.

사건이 일단락되고 삼 일이 더 지났다. 그간 나는 던전을 보강하며 앞으로의 계획을 조금씩 수정하고 있었다.

강해진 내 수준에 맞춰서 재정립할 필요가 있었던 것이다.

[포인트 잔여 : 324,579]

'생각보다 포인트가 안 모여.'

포인트 창을 확인하곤 눈썹을 찌푸렸다.

마지막으로 확인했던 때에는 240,722포인트를 남겼었다.

거기에 검을 사는 데 들어간 2만을 빼고 10만을 더하면, 20여 일간 순수하게 벌어들인 포인트는 3,857밖에 되지 않는다.

'아직은 인간들의 수준이 너무 낮다.'

이러니 더욱 업적에 목을 맬 수밖에 없다. 당장 빠르게 포인트를 벌어들일 수 있는 일은 업적뿐이었다.

던전을 정형화하여 안전하게 용사를 키워낼 필요가 있었

다. 황금 알을 낳는 오리는 아직 새끼였다.

'그러고 보니 며칠 전 보았던 인간의 잠재력도 나쁜 수준은 아니었지.'

며칠 전 보았던 인간. 이름이 김용우였던가?

겁을 먹어 오줌을 지리는 등 볼썽사나운 모습을 보이긴 했지만 잠재력은 나쁘지 않았다. 성장 가능성은 충분히 있었다.

심안을 통해서 본 당시의 상태창을 되새겨 보았다.

이름 : 김용우

직업 : 용사(전사)

칭호 : 없음

능력치 :

　힘 38

　지능 30

　민첩 36

　체력 34

　마력 13

　잠재력 (150/322)

특이사항 : '천명회' 길드 마스터.

스킬 : 기본 검술(N)

이 정도 잠재력은 인간들 사이에서 적당히 강한 수치다.

한계치까지 성장한다면 어지간한 마수는 홀로 사냥할 수 있을 것이다.

내 기억 속에 없는 걸 보면 전생에서 크게 이름을 떨친 인간은 아니다.

그럴 수준의 잠재력도 아니긴 했지만 특이사항이 눈에 밟혔다.

'천명회. 들어본 것도 같은데.'

턱을 괴고 곰곰이 고민했다. 내 기억력은 나쁜 편도 월등히 뛰어난 편도 아니다.

당연히 전생의 일을 전부 기억하지는 못한다. 그래도 천명회란 이름이 귀에 익은 걸 보면 기억 저편 어딘가에서 들어봤음이 분명하다.

"아."

한참을 고민하다가 고개를 끄덕였다.

내 던전이 있는 곳은 한국이란 나라의 영토 한중간이다. 정확히는 북한산 일대에 자리 잡고 있었다.

북한산 꼭대기에 내 던전이 얹혀 있다고 보면 된다. 허공에 떠 있거나 하진 않았다.

면적 21㎢, 높이 4,733m…… 이었던가?

실제로는 그보다 배 이상 크지만 인간들의 육안으로는 딱 저만하게 보이는 것도 사실이었다.

어쨌든 천명회는 한국의 5대 길드 중 한 곳이었다.

나름 유명했지만 한국 한정이었고, 나는 던전을 잃은 뒤 세계 곳곳을 돌아다녔기에 실제로 직접 부딪칠 일은 거의 없었다.

그럼에도 어슴푸레하게나마 기억하고 있는 건 천명회의 길드 마스터 때문이다.

세계적으로도 유명한 마법사 '번개의 여왕'은 인간 중 가장 강하다는 10강에 들진 않았지만, 웬만한 마족과 마수는 그녀를 상대하는 것에 난감함을 표했다.

번개의 여왕은 소수의 적보다 다수의 적을 상대하는 데 특화됐다.

수천 발의 번개가 지상을 강타할 때면 전율이 일 정도였다.

게다가 강한 아군의 뒤에서 번개만 날려 댔다. 위험하다 싶으면 번개를 타고 도망갔다.

12공작 중 한 명이 그녀를 놓친 뒤 노발대발하던 걸 멀리서 본 적이 있었다.

워낙 강렬한 용사이다 보니 그녀의 뒤에 있던 천명회의 기억은 흐릿해질 수밖에 없었다.

'길드 마스터가 바뀐 건가?'

김용우의 특이사항에는 그가 길드 마스터라고 나와 있었다. 아마도 모종의 일을 겪고 길드 마스터가 교체되는 듯싶었다.

'던전에서 얻을 건 이제 없을 것 같군.'

초보자 보호 기간이 끝났다. 던전의 일도 대충 마무리 단계다.

'인간 세상으로 나갈 때가 됐다.'

던전 안에만 콕 박혀 있을 생각은 추호도 없었다.

전생과는 다르게, 마족이라면 절대 할 수 없는 방식으로 강해질 생각이다.

그것은 바로 인간들 사이에 섞이는 것이었다.

왜 그게 마족이 절대 할 수 없는 방식이냐 하면, 4명의 대공 때문이다.

그들은 프라이드가 미친 듯이 높다. 자신의 힘에 막강한 믿음이 있다.

인간들 사이로 들어가 혼란일 일으키는 등의 일 따위, 결코 용납하지 못한다.

만 년이나 암살 시도 한 번 없이 우직하게 전쟁만 해온 걸 보면 알 수 있다.

사실 암살 자체가 통하지 않는 위인들이긴 했지만.

나를 제외한 71명의 마족은 모두 4명의 대공 중 한 명에게 속해 있었다. 그러니 대공을 거스르는 짓은 할 수 없다.

만약 그들이 작정하고 뒤흔들었다면 지구 따위 10년 안에 멸망했을 거다.

문제는 그러지 못했고, 시간이 지날수록 용사들이 강해지며 마족을 강하게 압박했다는 것이다.

마족은 4갈래로 분열되어 있으나 인간은 똘똘 잘도 뭉쳤다. 그 결과 많은 마족이 소멸됐다.

그러나 나는 밑바닥부터 올라온 존재. 직접 백작을 죽여 그 자리를 꿰찼다. 말하자면 이레귤러다. 내겐 아무런 제약이 없다.

'지금이 적기다.'

전생에선 빠르게 얼굴이 알려졌다. 무언가 수작을 부리려 해도 할 수가 없었다.

하지만 이번 생은 다르다. 나는 결코 던전 마스터로 인간들에게 얼굴을 내보일 생각이 없었다.

'나는 용사가 된다.'

마족이 용사라?

웃기는 일이지만, 농담은 아니었다.

용사로 활동하며 인지도를 쌓고 잠재력이 매우 높은 이들을 엄선하여 직접 키운다.

이후 다른 마족의 던전을 친다. 나는 그들을 앞에서, 뒤에서 조종하며 내 자신의 실력과 던전을 보강한다.

완벽한 차도살인지계(借刀殺人之計)다.

한국이란 땅에선 우수한 용사가 많이 배출됐다.

비좁은 땅덩어리라곤 믿기지 않을 만큼 세계 레벨의 용사가 많았다.

그중 유명한 이들의 이름을 머릿속으로 되새겼다.

계획을 어느 정도 머릿속에 집어넣은 후 자리에서 일어
났다.

'가자.'

이제 진짜 세상으로 나갈 때가 됐다.

Chapter 3
공격대

Dungeon Hunter

젊음의 거리 홍대!

수많은 청춘남녀의 꿈과 열정이 가득한 장소.

그리고 홍대 중심부에 자리 잡은 라이브카페 아모아(Amoa)
에 네 명의 남녀가 모여 있었다.

그들은 복장도, 나이도 제각각이었지만 풍기는 기세는 일
반인과 전혀 달랐다.

좀처럼 모이기 힘든 조합처럼 보였으나 그들은 한 가지 공
통점으로 묶여 있다.

바로 각성자라는 것.

또한 각각 거대 길드를 이끄는 길드 마스터이자 스타터라
는 점!

"여기는 여전히 파리만 날리네요. 파리를 모으려고 가게

를 연 건 아닐 텐데……."

30대 중반쯤으로 추정되는 여인이 손을 휘휘 저었다. 진짜 날아다니는 파리를 쫓아내는 것처럼 인상마저 살짝 찌푸렸다.

웨이브진 긴 머리칼과 농염한 입술. 코 위의 애교점과 살짝 처진 눈매는 퇴폐미의 절정이라 할 수 있었다.

그러자 맞은편에 앉은 선글라스를 착용한 대머리의 남자가 피식 웃으며 답했다.

"조용해서 좋잖아."

"그럼 뭐하러 홍대 한중간에 열었어요?"

"시끄러운 건 싫지만, 젊은이들의 활기찬 에너지는 좋아하거든. 김 여사는 이런 걸 싫어하던가?"

김 여사라 불리는 여자의 이름은 김숙수였다.

김숙수는 혀를 찼다.

"뭐, 돈지랄을 싫어하는 것뿐이죠. 그나저나 왜 모이라고 한 거예요?"

"천명회."

무슨 이야기가 나올지 대강 짐작한 여자가 고개를 끄덕였다.

"아. 김용우, 그 작자. 미쳐 버렸다면서요? 매일 자기가 개미라느니 헛소리를 하고 다닌다던데."

"나를 보곤 개미 배설물이라 그러더군."

"어머나, 배설물은 좀 심했다."

김숙수가 킥킥대며 웃었다.

그때 콜라를 벌컥벌컥 마시던 노랑머리의 청년이 입술을 죽 내밀었다.

"아저씨, 그 인간 제정신 아닌 게 하루 이틀인가? 빨리 본론을 말해. 나 시간 없어. 공격대 짜서 던전 공략해야 한다구."

"미스릴 길드는 휴업하고 있는 거 아니었나?"

"아저씨 정보가 느리네. 어제부터 다시 재개했어. 길드원 채워 넣느라 혼났다니까. 망할 필리핀……."

"호기심이 고양이를 죽이는 법이지."

청년이 탁자를 강하게 두드렸다.

"에이씨! 마수들이 쑥대밭으로 만든 나라 구경하겠다고 브로커까지 구해서 배타고 들어간 걸 내가 어째? 나는 분명히 말렸어."

잠자코 듣고 있던 김숙수가 물었다.

"그러고 보니 그 동네는 어때? 계엄령이 선포됐다던데."

"누님, 말도 마요. 탱크로 싹 밀어버렸대요. 아, 그리고 던전 바깥에서 죽은 마수는 코어가 없다고 하네요? 알았어요?"

선글라스 남자를 대할 때와는 다르게 청년은 말을 높였다.

세상 자기 잘난 맛에 사는 청년에게 김숙수는 왜인지 어려운 상대였다.

"그래? 그거 정말 희소식이네."

김숙수는 이미 알고 있었다는 듯 별다른 반응이 없었다.

정확하게 일주일 전, 필리핀의 던전에서 대규모 마수가 튀쳐나왔다.

추정되는 숫자는 물경 오천가량.

민간인과 각성자의 피해가 많았지만, 며칠 뒤 본격적으로 군대가 투입되고 정리되었다.

애당초 질을 고려하지 않은 물량 공세였으니 당연한 일이다.

하지만 어찌 된 영문인지 마수를 죽여도 코어가 나오지 않았다. 단 하나도.

수많은 추측이 오갔고, 가장 신빙성이 있는 이야기가 코어는 마수가 던전 안에서 죽어야 발생하는 물건이라는 것이다.

즉, 던전과 코어는 아주 밀접한 관계에 있다.

어찌 됐든 각성자들로서는 반가운 말이었다.

"그런데 고양이들은 왜 죽은 거야? 탱크가 쓸어버렸다며?"

"그야 뭐, 운이 나빴다고 해야 하나. 저도 잘 몰라요. 어디서 강한 마수라도 만났나 보죠. 누님, 그나저나 이 주제 그만하면 안 될까요? 동생 굉장히 꿀꿀합니다만."

"미안해, 동생. 누나가 생각이 짧았어."

레이드가 목숨을 담보로 하는 행위이긴 했지만 같은 길드원이 죽는 건 역시나 슬픈 일이었다.

미국과는 달리 한국에선 던전에서 사망해도 위로비가 나

오지 않았다.

각성자들에 대한 제도적 마련도 전혀 되지 않아서, 그들은 맨땅에 헤딩하는 격으로 던전에 들어갈 수밖에 없었다.

그런 주제에 돈 많은 부자와 권력자들은 코어에 굉장히 열렬한 관심을 보이고 있었다.

길드가 담합하여 나서지 않았다면 대한민국의 각성자는 그들의 노예가 되었을 것이다.

"본론으로 돌아가죠."

여태껏 침묵하던 묘령의 여인이 말했다. 청년과는 비슷한 나이대로 보이지만 얼굴에선 냉기가 풍겼다.

타이트한 치마와 블라우스. 딱 봐도 '차도녀' 느낌이 폴폴 풍기는 여인이었다.

"완성된 각성자를 만났다는군."

선글라스 남자가 말하자 청년이 툴툴거렸다.

"그게 뭐야. 마왕을 물리칠 진짜 용사도 아니고."

"규격 외의 괴물을 단독으로 처리했다는군."

"엥? 그거 도시 전설 아냐? 아니, 던전 전설이라 해야 하나?"

김숙수가 입을 가리고 웃었다.

"어머, 동생. 진짜 있어. 괴물."

청년은 떨떠름한 표정을 지었다.

"예에? 난 한 번도 본 적 없는데요?"

"봤으면 여기 없었겠지. 죽은 사람이 우리 모임에 어떻게 참가하겠어."

"……본론으로."

김숙수가 한숨을 푹 내쉬었다.

"누가 얼음공주 아니랄까 봐. 애, 아린. 표정 풀어. 너 그러다 내 나이 되면 얼굴에 주름 자글자글한다?"

"이미 자글자글한 분한테 들을 이야기는 아닌 거 같네요."

아린과 김숙수가 서로를 노려봤다.

청년은 둘 사이에서 눈치만 보다가 선글라스 남자에게 신호를 보냈다.

어서 이야기를 진행해 달라는 뜻이다.

"흠…… 그 각성자로 추정되는 남자가 지금 천명회에 속해 있다는 정보를 입수했다."

"헐. 아자씨, 그럼 실존인물이란 말?"

"김용우가 헛소리를 한 게 아니라면, 그렇겠지."

순간 넷 사이에 침묵이 찾아왔다.

규격 외의 괴물을 단독으로 처리한 자. 사실이라면 엄청난 일이었다.

이들은 괴물의 존재가 단순한 전설에 불과하지 않다는 걸 안다.

모두 독자적인 정보망을 가지고 있었고 이들에게 던전에 관련된 모든 것은 1급 기밀로 치부되었다.

그런데도 모르는 척하거나, 상세한 이야기를 꺼리는 건 그만큼 중요한 정보이기 때문이다.

이들은 필요에 의해 모였다. 어디까지나 이익을 위해서.

"규격 외를 혼자서? 말도 안 돼. 헛것을 본 거겠지."

김숙수가 진중히 의견을 개진했다. 청년도 고개를 끄덕였다.

몇 년 뒤에는 모르겠지만, 지금 당장은 괴물을 처리할 수 있는 각성자가 없다는 게 중론이었다.

그도 그럴 게 각성자가 나타나고 고작 8개월이 지났다.

그들이 제아무리 스타터라도, 제아무리 재능이 뛰어나대도 시간이 주는 한계를 뛰어넘을 순 없다.

"공격대를 12명으로 짜는 건 어째서이지?"

선글라스 남자가 진중히 물었다. 이번엔 얼음공주 아린이 답했다.

"최악의 경우 한 명은 달아날 수 있죠."

"맞다. 애당초 규격 외를 생각해서 짜인 숫자란 말이다. 코볼트, 고블린 따위를 상대할 거면 4명만 있어도 충분해."

모두가 침묵했다. 선글라스 남자의 말은 틀리지 않았다. 애당초 공격대를 12명으로 편성하는 것도 남자가 먼저 고안해 낸 방법이다.

"그리고 얼마 전, 김용우의 공격대가 전멸했다."

세 명은 고개를 주억였다.

길드 마스터 김용우를 제외하면 11명 모두 던전 안에서 시체가 되었다.

살아 돌아온 사람은 김용우가 유일했다.

공격대를 전멸 수준까지 몰아넣을 수 있는 건 규격 외뿐.

"살아서 돌아온 김용우는 정신이상자처럼 헛소리를 지껄였지. 규격 외를 혼자 처리한 코끼리가 있다고 말이야."

"그 작자 정신이 나갔잖아. 굳이 진지하게 받아들일 필요 없어."

김숙수가 혀를 찼다. 김용우는 원래부터 나사가 몇 개 풀려 있는 인물이었다.

허언도 심하고 자신이 진짜 신이라도 되는 줄 안다. 안하무인, 후안무치는 김용우를 두고 만들어진 말이 아닐까 의심이 될 정도로 막 나갔다.

"나도 그렇게 생각한다."

"그럼 왜?"

"최근 김용우의 태도가 달라졌다더군. 새롭게 들어온 신입 중 한 명을 마치 신줏단지 모시듯 한다던데……. 끔찍이 아끼던 부가티 베이론을 양도했을 정도면 정말 간도 쓸개도 내줄 듯이 행동하고 있다는 거겠지. 나는 그 신입이 김용우가 던전에서 만난 인물이 아닐까 생각한다."

"잠깐, 그 인간이? 그 차를? 진짜? 잠깐 빌려준 거 아니고?"

남자가 고개를 저었다.

"그 남자가 나타난 뒤로 김용우가 부가티 베이론을 모는 걸 본 사람이 없다. 반면에 그 남자가 부가티 베이론을 모는 걸 본 사람은 꽤 되지."

경악 어린 외침이 바로 옆에서 터졌다.

"대박! 이건 특집감이야! 내일은 해가 서쪽에서 뜰 거라고!"

"……인정."

김숙수를 비롯한 나머지 사람들도 감탄을 늘어놓았다.

김용우는 자신의 돈을 쓰는 데 무척이나 인색한 사람이었다.

길드 하우스도 길드원의 사비를 털어서 장만했고, 같이 회식을 나가도 꼭 더치페이를 고수했다.

한 달에 한 번 자장면 한 그릇 사주면서 생색이란 생색은 전부 내는 인간 말종이 김용우일진대, 가장 아끼는 차를 줬다고?

부가티 베이론은 세상에서 가장 빠른 차로 알려져 있다.

베네시 헤놈이 더 빠르다는 의견도 있지만 하여간 대한민국에 들어오기엔 아까운 차임이 분명하다.

속도를 낼 수 있는 장소가 매우 한정되어 있으니 말이다.

김용우는 그 차를 구입하곤 그들에게 질리도록 자랑을 했었다.

마치 큰 인심 쓴다는 듯 아린에게 '부탁하면 태워줄 수도 있다'라며 되지도 않는 작업 멘트를 날릴 정도였다.

진짜 내일은 해가 서쪽에 뜬대도 이상하지 않을 듯싶었다.

선글라스 남자가 식어버린 커피를 단박에 들이켜며 말했다.

"물론 확신할 순 없다. 가능성이 있을 뿐이지. 그리고 동일인물이라 해도 그자가 규격 외를 처리했으리란 생각은 들지 않는다. 그건 각성자가 백 명이 모여도 불가능해. 당시 김용우는 홀로 생존한 상황이었으니 진짜로 헛것을 본 것이겠지."

"아자씨, 헛것을 본 거라면 신경 쓸 필요 없는 거 아냐?"

"아니……. 그래도 상당한 실력자임은 분명하다. 규격 외와 부딪힌 것도 사실이고."

"에이, 어쨌거나 규격 외를 만났다는 거 아냐? 그럼 어떻게 살아 돌아와?"

"나는 그자가 모종의 레어 등급 스킬을 보유하고 있다고 확신한다. 그래서 규격 외를 따돌릴 수 있었을 거다."

레어 등급 스킬!

모두 침을 꿀꺽 삼켰다.

그 이름처럼 진귀하다. 적어도 대한민국 내엔 보유한 이가 없었다.

유일하게 알려진 레어 등급 스킬의 사용자는 중국인이었다.

이곳에 있는 스타터들조차 8개월간 겨우 노멀 등급의 스킬을 익혔을 따름이다.

그나마 선글라스 남자가 익셉셔널 노멀 등급의 '근력 향상' 스킬을 가지고 있다고 알려졌다.

스킬은 특정한 일을 겪거나, 마수를 상대로 특정한 행위를 하거나, 아주 어려운 퀘스트를 해결하며 얻을 수 있었다.

퀘스트는 본인이 직접 찾을 수도 있지만 기본적으로 갱신 되는 퀘스트 목록이 존재했다.

한 달에 한 번 각성자의 수준에 맞춰 갱신이 되는데, 그중 스킬을 얻을 수 있는 퀘스트는 본인의 수준보다 한두 단계 정도 높은 난이도를 가지고 있었다.

어마어마한 노가다나 운이 필요한 경우도 많아서 노하우 없이는 깨기가 힘들다.

"하지만 그는 천명회에 가입해 있지 않나요?"

얼음공주 아린이 속을 가라앉히며 입을 열었다.

다섯 개의 길드는 서로의 세력이 비슷하다. 존중해 주는 면도 없잖아 있었다.

이미 가입한 회원은 빼 가지 않는다는 게 그들 사이의 불 문율이었다.

선글라스를 낀 남자가 한쪽 입꼬리를 올렸다.

"그건 김용우가 혼자 떠들어 대는 말이지. 정작 같이 레이 드를 간 적도 없다더군."

"그를 누가 차지하느냐가 관건이겠군요."

아린은 납득한 듯 조용히 눈을 감았다. 이 정도의 안건이라면 길드 마스터를 소집한 것도 용서가 된다.

그 옆에서 청년이 고개를 갸웃했다.

"아자씨, 역시나 이해가 안 가서 그러는데. 왜 그걸 우리한테 알려주는 거야? 그냥 혼자 해먹어도 욕할 사람 없잖아? 우리가 아마추어도 아니고. 그야 배는 조금 많이 아프긴 하겠지만……."

선글라스 남자가 콧등을 긁었다.

"나는 실패했거든. 한마디도 못해보고 거절당했어. 까딱하면 죽을 뻔했다."

"헤, 아자씨도 실패할 때가 있네."

"천명회의 길드 하우스 근처에서 밥 먹는 걸 목격하곤 다가갔다만…… 날 보자마자 대뜸 '꺼져라, 밥맛 떨어진다'고 하더군."

"으음? 그 정도에 포기할 아자씨가 아닌데?"

"네가 그 남자를 안 봐서 그런다. 아마 내가 거기서 한마디 더 했으면 식당 바닥에 내 머리가 나뒹굴고 있었을 거야."

청년의 표정이 굳었다.

확인해 본 적은 없지만 그들이 암묵적으로 동의하는 게 있었다. 그것은 이곳에 모인 이들 중 선글라스 남자가 가장 강하다는 것이었다.

또한 그들은 남자가 얼마나 집착이 강한지 알고 있었다.

원하는 건 무슨 수를 써서든 얻어내는 게 그였다.

한데 보자마자 패배를 인정했단다. 그들의 머리가 팽팽 돌아가기 시작했다.

사실이라면 그는 반드시 포섭해야 할 인재다.

억만금을 들여서라도!

그를 유입하는 순간 다섯 길드의 균형이 단박에 한쪽으로 쏠릴 것이다.

어쩌면 다음 층으로 올라갈 단초가 될지도 모른다.

최초로 던전 2층에 다다랐다는 타이틀은, 따질 수 없는 값어치가 있다. 그것은 '공인된' 한국 최고의 길드라는 뜻이니까!

미국의 공식 발표 이후 각성자의 존재는 모든 이에게 알려졌다.

많은 사람이 그들에게 옹호했으며 물밑에서 여러 움직임이 생기고 있었다.

이제 세상은 던전과 각성자들 사이로 돌아가기 시작할 것이다.

코어는 오직 각성자만 얻을 수 있었고, 코어의 활용이 알려질수록 사람들은 그들에게 더욱 의존할 수밖에 없었다.

그리고 그중 최강이란 타이틀은 아주 요긴하게 사용될 게 분명했다…….

"내가 바라는 건 하나다. 레어 등급 스킬의 정보 공유. 그

것 외엔 아무것도 바라지 않는다."

"……먼저 일어나죠. 대답은 Yes예요."

가장 셈이 빠른 아린이 자리에서 일어났다. 일어나는 그녀의 뺨이 묘하게 붉어져 있었다.

"오호, 호. 시간이 벌써 이렇게 됐네. 잘 들었어. 나도 예쓰야!"

그 뒤를 김숙수가 따랐고.

"흠흠! 아자씨, 따로 연락드릴게."

가장 마지막으로 청년이 나갔다.

혼자 남게 된 선글라스 남자는 의자에 등을 기댄 채 한숨을 내쉬었다.

'정말 끔찍한 눈빛이었지…….'

'꺼져라, 밥맛 떨어진다'라는 말이 무섭게 그는 자신을 노려봤다.

순간 숨이 가빠지고 정신이 아득해졌다. 깊은 무저갱을 엿본 것 같은 기분. 샤워한 듯 땀이 흘렀었다.

그 눈빛을 재차 떠올린 남자는 몸을 부르르 떨었다.

태양이 중천에 걸린 점심 무렵.

나는 한가로이 공원 벤치에 앉아 사람들을 구경하고 있었다.

재잘거리며 돌아다니는 아이들과 그 뒤를 따르며 진땀을

빼는 여인들의 모습은 나로서도 이색적인 것이었다.

'평화롭군.'

착용한 선글라스의 테를 한 번 쓸었다.

던전이 생기고, 마수의 존재가 밝혀졌음에도 이들은 평범한 일상을 이어 나가고 있었다.

그리고 내가 특별한 행동을 취하지 않는 이상 이 평화는 제법 오래 이어질 것이다.

전생의 나는 인간들을 마구잡이로 죽였기에 그들의 평화 역시 짧게 끝날 수밖에 없었다.

적어도 던전 근처는 황무지가 됐다. 폐허가 된 도시만 덩그러니 놓여 있었다.

하지만 용사가 되기로 하였으니 달라져야 한다.

전생의 전철을 그대로 밟을 수는 없는 노릇이다.

그들이 내게 검을 겨누지 않는다면 나도 그들을 적대하는 일은 없을 터였다.

당장은.

'이런 기분도 나쁘지 않아.'

한 번 죽어서 그런가?

여유롭다.

내 스스로가 생각기에도 아량이 넓어진 것 같았다.

인간들의 틈바구니에 섞여 가만히 그들을 구경하는 일 따위, 전생의 나라면 상상조차 할 수 없는 일이다.

그러나 지금의 나는 과거의 나보다 강하다.

아니, 정확히 말하자면 과거의 나보다 월등하게 강해질 가능성을 가지고 있었다.

그렇기에 개의치 않는다. 강자의 여유다.

무엇보다 용사가 되기로 결정하지 않았던가. 내가 이러고 있는 것도 진짜 용사가 되기 위한 일환이었다.

나는 현시대의 인간에 대해 잘 모른다. 그들의 문화와 그들의 행동양식을 전혀 읽을 수 없었다.

당연한 일이었다.

전생에선 관심도 없었고 그럴 틈도 없었다.

악에 바친 인간이 얼마나 끈질긴지는 수도 없이 겪어봤으나 지금은 그때와 상황이 다르다.

아직 인간들은 평화롭다. 특히 이곳 대한민국은 특수했다.

항상 북한이란 위협을 달고 있어서인지 던전도 대수롭지 않게 생각했다.

이제는 나도 그들에게 관심을 둬야 한다. 그들을 분석하고 파악해 완벽히 위장할 필요가 있었다.

그래서 시간과 공을 들여 이곳저곳을 돌아다니는 중이었다.

'김용우 덕분에 편해졌지. 시간을 많이 줄일 수 있었어.'

문득 던전을 빠져나오던 때가 떠올랐다.

내가 던전을 빠져나오자마자 몇 쌍의 눈동자가 나를 따라

왔었다.

그들은 김용우가 고용한 심부름꾼이었다.

외형과 인상착의가 대충 그려진 종이 한 장만 믿고 주구장창 기다리고 있었다는데 그 기간이 2주일이다. 끈기만은 칭찬해 줄 만했다.

덕분에 편해진 것도 사실이었다.

길드 하우스에서 다시 만난 김용우는 자처하여 내 부하가 됐다.

그는 나를 신격화하고 있었다. 알아서 기어와 무릎을 꿇고 발등에 입을 맞췄다.

한 번 구해준 게 다인 나로선 어이가 없는 일이다. 그만큼 당시의 일이 충격적이었단 말이겠지만.

손해 볼 것도 없었기에 그대로 받아들였다.

김용우는 용사들 사이에서 제법 힘이 있는 것 같았다.

내 목표를 생각하면 수족으로 사용해도 나쁘지 않다는 결론을 내렸다.

그를 앞세우고 내가 뒤에 서면 완벽한 포지션이다. 당장 주목을 받는 건 달갑지 않았다.

'신분증도 생겼고…… 나도 이제 이곳의 국민인가?'

지갑을 꺼내 신분증을 확인한 나는 피식 헛웃음을 흘렸다.

김용우는 내 신분도 만들어줬다.

이름과 성은 그대로고 대신 귀국 자녀라는 설정이 추가

됐다.

아홉 살 때 한국을 떠나 미국 하버드대 경영학과를 졸업하고 돌아온 걸로 되어 있었다.

김용우가 '미국하면 역시 하버드죠'라며 순식간에 정해 버린 것이다.

중학교 교육밖에 받지 못했다는데, 확실히 단순한 감은 있었다.

딱히 신경 쓰진 않았다. 행동만 자유로우면 족했다.

"옆에 자리 있어요?"

아까부터 나를 힐끗 쳐다보던 여인이 다가와서 물었다.

나는 대답은커녕 고개조차 돌리지 않았고, 여인은 그럴 줄 알았다는 듯 자연스럽게 옆자리에 앉았다.

아침에 잠깐 천명회에 들렸을 때부터 따라붙은 꼬리였다.

'귀찮은 여자가 붙었군.'

내심 혀를 찼다.

언뜻 스쳐 지나가듯 본 그녀의 모습은 어쩐지 눈에 익었다.

내가 알던 때와 모습은 조금 많이 달랐지만 '단비' 길드의 길드 마스터가 분명하다.

그래도 확신을 가하기 위해 시선을 돌려 상태창을 띄웠다.

이름 : 아린

직업 : 용사(궁수)

칭호 : 없음

능력치 :

힘 25

지능 34

민첩 47

체력 23

마력 30

잠재력 (169/401)

특이사항 : '단비' 길드 마스터

스킬 : 조준(N), 빠른 연사(N)

'역시.'

틀림없는 것 같다.

살짝 치켜진 눈매와 뚜렷한 이목구비, 뾰족한 콧날, 얇고 뚜렷한 입술은 확실히 눈에 띄는 미인이라 할 만하다.

하나 전생에서 그녀는 얼굴 반쪽에 화상을 입은 상태였다.

누구보다 끔찍한 몰골로 나를 추격하던 게 이 여인이다.

왜 그런 몰골로 나를 쫓았는지 짐작은 갔다.

여인이 화상을 입은 것은 반쯤 내가 원인이었으니까.

그러니까…… 던전이 끝장나기 직전의 일이다.

던전 코어가 위협받자 하는 수 없이 남은 포인트를 탈탈 털어서 최상위 화염마수를 고용했는데, 여인은 그때 지울 수 없는 상처를 입은 듯싶었다.

덕분에 그녀와 그녀의 길드는 나를 하늘 아래 같이 살 수 없는 원수로 여겼다.

계속해서 벌어진 추격전 끝에 몇 번이나 나를 벼랑으로 몰아넣기도 했다.

결국 승리자는 나였지만 나도 피해가 막심했다. 회복하는 데 1년은 족히 걸렸다.

'인연은 돌고 돈다, 이건가.'

얼마 전에 찾아온 남자에 이어 이번에는 단비 길드의 마스터다.

쫓아낼 수도 있겠으나 그러지 않았다. 그래 봐야 다람쥐 쳇바퀴 돌듯이 이런 일이 반복될 뿐이라는 걸 직감적으로 알았다.

전생이라면 모르되…… 모든 일이 초기화된 지금, 그때의 일을 왈가왈부하는 건 괜한 심력 낭비다.

굳이 손을 쓴다면 상대의 의도를 알게 된 뒤에도 늦지 않을 것이다.

시선을 살짝 내리깔자 여인의 눈동자가 보인다. 마치 눈싸움하듯이 눈에 힘을 가득 주고 있었다.

나는 심드렁하게 말했다.

"무슨 용무지?"

그러자 얼음장처럼 차가운 표정이 살짝 누그러졌다.

아무래도 내가 말을 먼저 꺼내길 기다린 것 같았다.

아린은 어깨에 멘 가방에서 명함 한 장을 집었다. 그러더니 살포시 미소 지으며 내게 명함을 건넸다.

"연락해요."

"……?"

무심한 반응에도 아린은 눈꼬리는 아름다운 곡선을 유지했다.

그녀는 일어나며 은근슬쩍 내 어깨를 쓸었다.

"전화, 기다릴게요."

그리곤 뒤도 돌아보지 않고 떠났다.

혼자 남은 나는 잠시 그 뒷모습을 바라보다가 이맛살을 구겼다.

'저 인간 여자…… 뭐하자는 거지?'

의도를 알기 어렵다. 끈질기게 따라붙었으면서 대뜸 명함한 장만 주고 떠나가다니? 이보다 비효율적일 수가 없다.

거기에 어깨는 왜 건드린단 말인가. 적대적인 기세가 느껴졌다면 대처했을 것이나 딱히 그렇지도 않아서 의문만 생겼다.

'유혹인가?'

나는 여자를 잘 모른다. 남성으로서 각성하기 전에 전쟁터에 있었다. 300년간 오로지 강해지기 위해 노력했다.

하지만 전쟁터에서 미녀는 특히 조심할 몇 가지 것 중 하나다.

미녀의 품에 이끌려 다음 날 시체로 발견된 이들을 숱하게
봤다.

4명의 대공을 비롯한 휘하의 귀족들은 그런 수를 쓰지 않
는다. 하지만 마계엔 그들만 있는 게 아니다.

그저 살육을 좋아하는 마족도 있고, 남자의 정을 갈취하려
는 서큐버스도 있고, 전쟁터에서 낙오된 이를 터는 스캐빈저
들도 있었다.

그렇게 생각하며 나는 여자와는 거리가 먼 삶을 살았다.
강해지면서 느끼는 희열이 성교의 쾌감보다 더욱 크다고 여
겼다.

물론 필요에 의해 몸을 나눈 경험은 있었다. 아무리 나라
도 성욕은 있었다.

정신이상 상태에 빠져 미친 듯이 육체를 탐한 적도 있었다.

그러나 그런 행위는 교감 없이 이뤄졌다.

그쪽으론 눈치가 없을 수밖에 없다. 그것은 나 스스로도
인정하는 바였다.

'상대를 잘못 찾아왔다고밖에 할 말이 없군.'

당연히 아린이 명함을 준 이유도 따로 연락하여 묻고 싶을
만큼 궁금하진 않았다.

명함을 바닥에 버리고 자리에서 일어났다.

용건이 있다면 어련히 알아서 찾아올 거다. 딱히 찾아오지

않아도 좋다. 나도 신경 끄면 그만이니까.

물론 그녀의 잠재력은 인간들 중에서도 최상위에 속한다. 내가 여태껏 본 이들 중에서는 최고다.

욕심이 나지 않는다면 거짓이다. 직접 키워서 싹을 개화시킬 만한 재능을 지니고 있었다.

그러나 전생에서 본 그녀의 성격으로 확신하건대, 쉽게 나를 따르려 하지 않을 것이다. 길드 마스터라는 위치도 있어서 더욱 제약이 많았다.

내게 필요한 건 나만을 따르는 나만의 공격대였다.

진정한 소수정예.

앞으로 나서면 수많은 이가 자동으로 뒤따르는 그런 파티를 원했다.

'이제 인간의 레이드라는 걸 경험해 봐야겠다.'

아린에 관한 일을 뇌의 구석으로 치운 뒤, 주차장 방향으로 몸을 움직이기 시작했다.

딸칵!

이른 저녁, 어두컴컴한 방. 모니터 화면만이 덩그러니 빛을 내뿜고 있었다.

그 앞에서 나는 마우스를 움직이며 컴퓨터를 조작하는 중이었다.

"음."

작은 화면만을 응시한 채 기계를 다루는 게 썩 익숙하지
않았다.

전생에선 이 컴퓨터란 물건을 몇 번 보긴 했어도 조작해
본 적은 없었다.

지난 며칠간 조금씩 익숙해져 가곤 있으나 왠지 모를 이물
감이 드는 건 어찌할 수 없었다.

툭. 툭. 투툭.

검지를 들어 키보드를 두드린다.

전형적인 독수리 타법이다.

그래도 컴퓨터를 만진 지 며칠 안 된 것치곤 빠르다.

300타 정도는 나오는 것 같았다. 바탕화면을 가득 채운 아
이콘의 쓰임새도 전부 파악해 놨다.

마치 솜이 물을 빨아들이듯 이 컴퓨터라는 기물에 적응하
고 있었다.

현대를 살아가는 사람에게 없어서는 안 될 필수품 중 하나
이니 억지로라도 익혀야 했다.

'각성자들이 공격대를 모집하거나 정보를 주고받는 카페
가 있다고 했지.'

미국의 발표 이후 모든 사람이 각성자의 존재를 알게 됐다.

그들이 가진 힘과 초능력. 이에 많은 사람이 열광하며 모
든 포털 사이트를 도배하고 있었다.

그것은 각성자도 마찬가지.

서로의 존재를 몰랐던 절대다수의 각성자가 이 사실을 파악하고 모이기 시작했다.

그중 가장 많은 각성자가 가입한 카페의 이름을 김용우로부터 들을 수 있었다.

포털 사이트의 메인에는 각성자와 관련된 기사가 줄지어 늘어서 있었다.

키보드를 꾹꾹 눌러 그저 각성자 세 글자를 친 것만으로도 연관검색어가 수도 없이 나올 정도다.

하지만 각성자들이 모이는 카페는 그저 검색만 한다고 찾을 수 있는 게 아니다.

책상 위에 올려둔 지갑에서 종이 한 장을 꺼내 들었다.

하얀 종이 위에 홈페이지 주소와 아이디, 비밀번호가 적혀 있었다.

'여기로군.'

종이에 적힌 영어들을 주소 창에 옮기자 새까만 화면이 나타났다. 유일하게 있는 것이라곤 가운데에 놓인 로그인이었다.

아이디와 비밀번호를 적었다.

확인을 누르자 '랜달프 브뤼시엘 님, 접속을 진심으로 환영합니다'란 문구가 떠오르며 배경이 바뀌었다.

좌르륵 게시판이 펼쳐졌다.

'VIP라.'

좌측 상단에 VIP 등급이 표시되어 있었다.

김용우는 단순히 아이디만 만들어준 게 아니라 모든 게시판을 열람할 수 있는 자격마저 준 것이다.

이제는 새삼스럽지도 않았다.

보통의 사람이라면 이 정도 호의에 기가 질려 하겠지만 나는 전혀 다르다. 주면 주는 대로, 거절하지 않는 게 내 스타일이다.

그렇다고 무조건 받기만 한 것도 아니다.

그에게 주먹만 한 코어 한 개를 대가로 주었다. 무작위로 출현한 상위 마수를 잡아 따로 모아놓은 코어 중 하나였다.

인간들은 이 코어에 엄청난 가치를 둔다.

확실히 순수한 마나의 결정체이긴 하다. 마족과 상위 마수는 해당사항이 없지만 약한 마수는 상대의 코어를 흡수해 성장하기도 했다.

나는 인간 세계에서 활약할 작정이었고, 어차피 가만히 놔두면 다른 마수에게 먹히거나 던전의 마나로 환원될 것이니 따로 챙겨 둔 것이다.

'챙겨 오길 잘했어.'

모르긴 몰라도 내가 준 코어는 지금 시점에서 어마어마한 가치가 있지 않을까.

실제로 내가 준 코어를 받고 김용우는 땀을 줄줄 흘렸다.

이런 걸 그냥 받을 수 없다며 그는 자신이 몰던 차와 상당한 액수의 돈을 통장에 넣어주었다.

깨끗하게 세탁시켰다는 액수가 50억 원. 김용우는 사실 그마저도 부족하다고 했다.

하긴, 지금 각성자들 수준으로는 죽었다 깨어나도 못 구하는 수준의 코어이니 이해는 된다.

물건의 희소성을 생각하면 그럴 수도 있겠다.

덕분에 이 집도 편히 구할 수 있었다.

'미국 샌프란시스코 비밀 경매장에 매물로 넘겼다고 그랬던가?'

살짝 궁금증이 일었으나 이내 신경을 껐다.

돈이야 구하려면 얼마든지 구할 수 있었다. 그리고 화폐 경제는 15년쯤 뒤에 붕괴한다. 있어도 그만, 없어도 그만이다.

"많군."

다시 시선을 모니터 화면 안으로 돌렸다.

홈페이지 안에는 각종 글이 넘쳐났다. 실시간으로 올라오는 글의 양이 상당해서, 한 페이지가 넘어가는 데 채 1분이 걸리지 않았다.

이곳에 가입한 각성자의 숫자가 꽤 되는 모양이다.

보고 싶은 글을 보려면 따로 특정 게시판을 찾는 게 나을 것 같았다.

우선 기초 정보란을 찾았다.

그곳에는 이름처럼 각성자에 관한 기초적인 정보들이 올

라와 있었다.

그중 몇 개는 잠겨 있었는데, 클릭하자 100점의 점수가 필요하단 팝업창이 튀어나왔다.

내가 가진 점수는 10만점. 어지간한 정보는 열람할 수 있는 수준이지만 잠겨 있는 정보가 그다지 필요해 보이진 않았다.

제목이 '던전 초입 지도'였다. 던전 마스터인 내가 왜 지도를 구입한단 말인가. 던전을 나보다 잘 알고 있는 사람은 요정 이히밖에 없었다.

나는 가장 밑에서부터 글을 읽어나가기 시작했다.

'전부 아는 내용이거나 필요 없는 것들뿐이다.'

금세 실망하고 말았다.

딱히 영양가 있는 정보는 없었다.

각성자의 개요와 커맨드 창을 불러오는 단어들, 마수에 대한 주의사항, 코어를 얻는 방법, 기본 퀘스트의 노하우 등.

내겐 필요 없는 정보였다.

그나마 맨 위에 나열된 '긴급 공지사항'이 조금은 영양가 있었다.

「에일 스네이크가 출현 중입니다. 강한 마비 독을 지녔으므로 유의하시기 바랍니다. 사진은 첨부 목록을 확인하십시오.」

「최근 던전 내에서 각성자에게 당한 것으로 보이는 시체가 발견되었습니다. 검사 결과 내부 소행으로 밝혀졌습니다. 용사들께오서는 공격대를 짜는 데 각별히 주의하시기 바랍니다.」

「중국 상동에서 몬스터 웨이브가 시작되었습니다. 자세한 내용은 링크를 클릭해 주십시오.」

몬스터 웨이브는 던전 바깥으로 마수들이 튀어나오는 경우를 말한다.

공지사항은 각성자들에게 위험한 정보를 선별적으로 개시하는 듯싶었다.

기타 자잘한 것들을 확인한 후 이번엔 '공격대원 모집'이라 적혀 있는 게시판을 클릭했다.

'여기서 사람을 구하는 거였나.'

가끔 의문이 들곤 했다. 던전을 밀고 들어오는 인간의 숫자는 언제나 일정했다.

원하는 때에 원하는 공격대를 구할 수 있으니 그럴 수밖에 없겠다는 생각이 들었다.

'이 인터넷이라는 건 인정할 수밖에 없겠어.'

편리하다. 잘만 다루면 세상에 존재하는 모든 걸 파악할 수 있을 것 같다.

과연 기계 문명이다. 과연 불균형의 극치를 달리는 세상이었다.

이상하리만치 자연이나 마나를 활용하는 법은 무지하면서

도 도구에 대한 이해만큼은 타의 추종을 불허한다.

작게 감탄하며 게시판에 오른 글을 유심히 살펴보았다.

　—체력 35의 가더입니다. 전사 한 분 모십니다.

　—마법사, 궁수계열 두 분 모십니다. 초보자 사절.

　—마력향 잘 맡는 분?

몇 개의 글을 제외하면 전부 '모집 완료' 딱지가 붙어 있었다. 올린 시간을 보건대 길어야 10분 내로 모집이 되는 모양이었다.

'경쟁이 엄청나군.'

그래서 그런지 모집 요건이 까다로운 게 많았다.

최소 공격대 몇 번 참가, 특정 능력치 몇 이상, 스킬 있는 사람 우대…… 그리고 거의 모든 글이 초보자를 사절하고 있었다.

초보자는 공격대에 참가하여 한 번도 던전을 탐사하지 못한 이를 가리키는 단어다.

그런 의미에서 보자면 나 역시 초보자의 분류에 들어간다.

"그래도 보내는 봐야겠지."

작게 중얼거린 후 몇 곳에 쪽지를 보냈다.

완숙한 독수리 타법으로 키보드를 두드려 진정성을 담아 자신을 어필하였다.

—날 받아라. 나는 강하다. 코볼트나 고블린 따위는 내 상대가
　　되지 않는다.

　지극히 주관적이며 객관적인 쪽지다. 나 자신이 강하다
는 것.
　그 하나만으로도 충분한 가치를 인정받을 수 있을 것이
었다.
　상대가 깨닫지 못할 경우를 대비해서 무려 세 문장이나 써
서 보냈다.
　하지만 아무리 기다려도 답장은 없었다.
　"흠…… 배가 부른 녀석들이군."
　새로운 글을 끊임없이 올라오는 중이었다. 그들에게도 쪽
지를 보냈다.

　　—죄송합니다.
　　—다른 공격대 알아보세요.
　　—혹시 임금님이세요?

　한 시간 동안 정확히 29번의 쪽지를 보내고 세 개의 답장
을 받았다. 그 세 개 모두 반응이 좋지는 않았다.
　물론 뭐가 원인인지는 잘 알고 있었다.

'말투겠지.'

인터넷 예절이라는 게 있다. 이곳에서 만난 이들은 얼굴을 보지 못하는 대신 서로를 높임으로써 정체성을 확립한다.

하지만 공작, 대공, 심지어 마신에게까지 말을 놓던 나다.

어렸을 적부터 거친 욕설이 난무하던 전쟁터에서 구른 덕분에 내겐 상대를 존중한다는 의식이 살짝 결여되어 있었다.

강자를 인정하긴 하지만 말을 높이는 건 별개다.

하고 싶어도 하지 못한다.

번개를 맞은 듯 움찔대며 도저히 말이 나가지 않는 것이다.

천성(天性)과 후에 만들어진 인격 자체가 그런데 방법이 있을 리 없다. 300년간 굳어버린 걸 무슨 수로 푼단 말인가?

언젠가는 적응하여 이 문제를 해결할 수 있을지 모르지만 적어도 지금은 아니었다.

'천명회의 공격대에 섞여볼 걸 그랬나?'

고개를 저었다.

'아서. 이 정도로 포기할 순 없다.'

나는 랜달프 브뤼시엘. 모두를 밟고 올라온 자다. 고작 이런 일에 굴할 수는 없는 노릇이다.

게다가 밑바닥에서부터 시작하는 레이드라는 걸 보고 싶었다.

완전히 초보자의 시각에서 내 던전을 품평하고 싶었다. 더불어서 숨겨진 인재를 찾고픈 마음도 있었다.

전생에서 이름을 날린 용사들.

하지만 강자는 그들뿐만이 아니다.

잠재력은 아주 높으나 초창기에 죽음을 맞이한 이들도 분명히 있을 것이다.

내가 찾고픈 건 그런 이들이었다.

때마침 새로운 글이 올라왔다.

─체력 33의 가더입니다. 공격대원 6분 모집 중입니다. 쪽지 주세요.

8인 공격대였다. 6명을 모집한다는 건 공대장인 그를 제외하곤 아직 한 명밖에 없다는 뜻. 나는 전과 마찬가지로 쪽지를 보냈다.

3분 후, 답장이 도착했다.

─랜달프 님? 공격대에 참가한 경험은 있으신가요?

단순히 던전을 경험한 것이라면 당연히 있다. 많다.

하지만 공격대에 참가해 본 적은 없다. 입맛이 씁쓸해짐을 느끼며 키보드를 눌렀다.

─공격대는 처음이다.

―음, 혹시 직업이?

나는 잠시 고민하다가 대충 답했다.

―근접 계열이다.
―알겠습니다. 요즘 초보자는 잘 안 받는 추세인데, 쪽지 보내
　는 분들이 죄다 초보자이니 어쩔 수가 없군요. 레이드를 안
　갈 수도 없고……. 내일 점심 수유역 3번 출구 방향의 '길 카
　페'에서 뵙겠습니다.
―알겠다.
―번호 남겨둡니다. 도착하시면 문자나 전화주세요.

웬일로 수월하게 넘어갔다.
나는 의자에 몸을 기대 얇게 한숨을 내쉬었다.
'차라리 상급 마수와 싸우는 게 마음은 편하겠군.'
단순한 쪽지를 보내는 게 거의 전쟁을 방불케 한다. 잠깐
한눈팔면 모집 완료가 되는 경우도 많았다.
시원하게 마수와 맞붙는 쪽이 정신 건강에는 좋을 듯싶
었다.
또각, 또각.
벽에 걸린 시계에서 시간 흐르는 소리가 왜인지 크게 들려
온다.

김용우에게 받은 50억 중 40억을 들여 청담동 고급빌라에 입주했다.

모든 가구나 기기가 이미 마련되어 있었기에 몸만 들이면 되는 상황이었다.

114평, 방 5개, 욕실 3개.

성에 비할 바는 아니지만 필요한 건 전부 갖춰져 있었다.

고개를 들어 천장을 바라봤다.

모든 게 지금까지와는 다르다.

말동무라도 있으면 좋겠지만 이히는 던전의 영체로서 던전을 벗어날 수 없었다.

물론 귀환석을 이용하여 마음만 먹으면 던전으로 돌아갈 수 있다. 그러나 그런 식으로는 적응하기가 쉽지 않을 것이다.

돌아가더라도, 그것은 적응한 뒤다.

어차피 금세 적응할 것은 분명했다. 결국은 의지의 차이 아니겠나.

나는 눈을 감았다.

오늘 저녁은 유난히 길 것 같다고 생각하며.

Chapter 4

기만자들

Dungeon Hunter

검은색 양복을 입고, 넥타이를 바로 맨 뒤 왁스로 머리를 올린다.

흔히들 포마드 헤어라 칭하는 머리스타일이다.

양복과 포마드 헤어는 완벽한 조합이라고 생각한다. 인간들도 깔끔한 모습에 더 호감을 느낀다지 않나.

이후 나는 지하 주차장에서 차를 몰고 약속 장소로 향했다.

차를 모는 것도 이제 상당히 안정권에 들었다.

당연히 면허증도 있었다. 딱 삼 일 만에 땄다.

집중력은 자신 있는 분야인 데다가 기억력 또한 인간에 비하면 월등하다.

탈것은 대체로 익숙해져 있어서 차를 모는 게 어렵지 않았다.

20여 분가량 차를 몰자 수유역에 도착했다.

3번 출구 바로 옆에 2층짜리 카페가 약속 장소인 길 카페였다.

마땅히 주차할 곳이 없었기에 나는 근처 유료 주차장에 차를 대놓았다.

카페에 들어선 순간, 수많은 이목이 몰렸다.

"연예인?"

"기럭지 봐. 짱 길어."

자연스럽게 들려오는 대화들.

역시 깔끔한 인상은 인간의 호감을 산다. 내 판단은 틀리지 않았다.

외모 또한 부족하다 여기지 않았다.

마계에서도 비슷한 일을 몇 번 겪어봤으니까.

오로지 강함에 모든 무게를 실은 나로서는 그것을 대수롭지 않게 생각하긴 했지만, 미(美)에 관한 기준은 여기나 마계나 비슷한 것 같았다.

하지만 마계에서 남성은 잘생겨도 그다지 도움이 되는 게 없다.

강한 여성 마족의 눈에 띄어 잠시 편하게 살 수는 있겠지만 결국 한때다.

질려서 버려지는 이들을 나는 몇 본 적이 있었다. 그들의 최후는 하나같이 비참했다.

반대로 아름다운 여성은 그 자체로 강한 무기가 된다.

몇몇 귀족은 자신의 하렘에 아름다운 여성들을 몰아넣고 귀중히 여겼다.

질리면 부하에게 보상으로 주면 되니 쓸모가 많았다.

나와는 관계없는 이야기였지만……. 그냥 불연히 든 잡념이다.

나는 품에서 핸드폰을 꺼내 다이얼을 눌렀다.

몇 번의 착신음이 가자 상대가 받았다.

[여보세요?]

남성의 목소리다. 나는 차분히 물었다.

"어디지?"

[누구십니까?]

"랜달프다. 지금 길 카페 1층에 있다."

[아, 랜달프 님. 2층으로 올라오십시오.]

나는 즉시 계단을 타고 올라갔다. 2층에서 한 남성이 손을 흔들며 반겼다.

탁자 몇 개를 이어붙인 장소에 몇몇 이가 모여 있었다. 그 숫자가 일곱. 아무래도 내가 제일 늦은 것 같았다.

자리에서 일어난 남성이 손을 내밀어 악수를 청했다.

"반갑습니다. 공대장 윤혁수입니다."

나는 심안을 발동하여 윤혁수의 상태창을 띄웠다.

이름 : 윤혁수

직업 : 용사(가더)

칭호 : 없음

능력치 :

  힘 31

  지능 25

  민첩 28

  체력 33

  마력 27

  잠재력 (144/231)

특이사항 : 없음

스킬 : 강타(N), 추적(N)

별거 없는 잠재력이다.

추적 스킬이 조금 특이하긴 했지만 마수를 몰아와야 하는 가더의 특성상 생겨난 것이라고 생각하며 대수롭지 않게 넘어갔다.

나는 가볍게 손을 잡고 답했다.

"랜달프 브뤼시엘이다."

"오! 혹시 귀국 자녀십니까?"

한국인이라 치기엔 지나치게 피부가 밝다. 귀국 자녀라는 생각이 드는 건 자연스러운 일이다.

내 신분상의 설정 또한 그랬기에 부정할 것도 없었다.

"맞다."

"어쩐지 말투가……. 하여튼, 굉장히 잘생기셨습니다. 여대원들 얼굴 붉어진 거 보이죠?"

윤혁수가 능청스럽게 말하며 고개를 돌렸다.

여성 대원은 셋이었다. 내가 눈길을 돌리자 하나같이 시선을 피했다.

"잘 부탁한다."

"자자, 서 있지 말고 앉읍시다."

나는 그의 권유대로 빈자리에 앉았다.

분위기를 보아하니 남성 대원들은 살짝 불편해하는 기색이었다.

복장은 가지각색이었지만 굳이 양복을 입은 이는 나뿐이었다.

"던전에 들어갈 건데 양복 차림으로 괜찮겠습니까?"

결국 남성 대원 한 명이 혀를 차며 말했다. 나를 바라보는 시선에 언뜻 적의가 내비친다. 살기는 없었지만, 그 시선에 질투가 느껴졌다.

나는 곧 이해할 수 있었다. 그들이 진정으로 바라보는 건 여성 대원들이었다.

화장을 하고 예쁘게 꾸민 여성 대원들은 헉! 소리가 나올 정도는 아니지만 괜찮은 미인들이었다.

이런 질투라면, 상대할 가치도 없다.

공기가 이상해지자 공대장 윤혁수가 나섰다.

"하하. 옷이야 갈아입을 수도 있는 거 아닙니까? 여기 여성 대원들도 모두 치마 차림인데요. 그러지 말고 자기소개나 합시다. 저는 공대장 윤혁수입니다. 직업은 게시판에 써놨다시피 가더라고요. 어그로는 기가 막히게 잘 끄니 걱정하지 마시고, 만나서 반갑습니다."

윤혁수가 슬쩍 고개를 돌렸다. 바로 옆에 앉은, 처음부터 실실 웃고 있던 남자가 다음 말을 받았다.

"부대장 김인필입니다. 직업은 사령술사. 코볼트나 고블린의 시체를 조종할 수 있습니다."

"와, 그런 직업도 있어요?"

다들 놀랐다는 듯 김인필을 쳐다봤다. 사령술사라는 직업은 각성자가 모이는 홈페이지에서도 본 적이 없었기 때문이다.

"제 본업이 장의사라서 그런지 이런 직업이 생긴 것 같습니다."

장례에 필요한 일을 맡아 하는 게 장의사다.

특수한 조건을 만족해서 직업이 바뀌는 경우도 있었지만 보통은 각성자의 상태에 따라 갈리는 경우가 많다.

그래도 확실히 사령술사는 희귀한 직업이다.

용사인 주제에 시체를 다루는 사령술사라니. 나조차 흥미가 동했다. 즉시 김인필의 상태창을 엿보았다.

이름 : 김인필

직업 : 용사(사령술사)

칭호 :

  *시체를 다루는 자(Ex N, 마력+2)

능력치 :

  힘 16

  지능 33

  민첩 13

  체력 14

  마력 45(+2)

  잠재력 (121/275)

특이사항 : 없음

스킬 : 시체 조종술(N)

지나치게 균등하지 않은 능력치다. 육체적인 능력은 최악
에 가까웠지만 지능과 마력이 무척 높았다.

마력이 높다 하여 좋은 게 아니다. 모든 싸움은 지구력이
동반돼야 한다.

강한 마법을 익혀도 한두 발 사용하면 나가떨어질 것이다.
그래서 고루고루 높은 게 좋다.

한데 사령술사라는 직업은 다소 생소했다.

정령을 부리는 정령사나 짐승의 수호자 같은 특수한 직업을 몇 번 본 적은 있었다.

하지만 시체를 다루는 사령술사는 처음이다.

그 능력은 마수나 마족에 한없이 가까웠다. 실제로 그런 능력을 지닌 마수나 마족도 있었다.

물론 직업은 거창하나 능력은 보잘것없다. 기껏해야 고블린, 코볼트 몇 마리 움직이는 게 전부일 것이다.

'칭호라.'

칭찬할 게 그나마 하나 더 있긴 했다.

칭호.

등급은 보잘것없었지만 칭호라는 게 얼마나 중요하고 얻기 힘든지 아는 나다.

익셉셔널 노말 등급의 칭호를 얻은 건 칭찬해 줄 만했다.

"대단하시네요!"

여성진이 눈을 빛냈다.

장의사라는 직업은 별로지만 사령술사는 탐이 난다.

던전은 일확천금을 노릴 수 있는 꿈의 보고다.

그만큼 위험이 따르기에 강한 이와 안면을 터서 나쁠 건 없는 것이다.

"하핫, 별거 아닙니다."

김인필이 웃었다. 왜소한 체구와 다르게 호쾌한 웃음이다.

소란이 멎자 이번엔 그 옆에 앉은 이가 자신을 소개했다.

"이지혜예요. 물 계열 스킬을 사용하는 마법사구요. 잘 부탁드려요."

"김수환. 전삽니다. 잘해봅시다."

"박은택…… 저기, 시프입니다."

짤막한 자기소개가 이어지고 마침내 내 순번이 왔다.

모두의 시선이 쏠린 가운데 나는 가볍게 입을 열었다.

"랜달프 브뤼시엘. 근접 계열 직업이다."

다른 이보다 한 소절은 더 짧은 자기소개였다.

게다가 직업마저 확실하게 공개하지 않았다. 하지만 딱히 책을 잡는 이는 없었다.

자신의 정보를 공개하기 꺼리는 인물도 많았다. 나도 그중 하나라고 생각하면 이해하지 못할 것도 없었다.

"근접 계열이면 힘이나 체력 수치가 제법 되겠군요. 이 둘 중에 30포인트가 넘는 능력치가 있습니까?"

윤혁수가 물었다.

함께하는 레이드이다 보니 믿을 만한 정보를 제공해 줄 필요는 있었다.

나는 긍정했다.

"둘 다 30포인트를 넘는다."

"오오, 든든합니다."

윤혁수는 재차 일어나 나머지 일곱 명의 대원에게 말했다.

"다시 한 번 소개합니다. 공대장 윤혁수입니다. 던전은 오늘 저녁에 들어갈 예정이고, 그 전에 가볍게 브리핑을 하죠. 랜달프 님과 박은택 님이 초보자시니 자세하게 들어가겠습니다."

"하, 초보자요? 그것도 둘이나? 12인 공격대도 아니고 조금 위험하지 않겠습니까?"

"걱정 마세요. 저 어그로 잘 끕니다. 농담이 아니라 대한민국에서 열 손가락 안엔 들어간다고 자부하니, 경험자분들께서 공격만 잘해주시면 문제없습니다."

"양복을 입고 왔기에 엄청난 고수인 줄 알았습니다만. 이거 참, 공대장님만 믿어야겠네요."

딴죽을 걸던 남자, 김수환은 다시 나를 쳐다보며 비웃음을 흘렸다. 우위에 설 조건이 갖춰지자 강자인 양 거드름을 피우기 시작한 것이다.

윤혁수는 식은땀을 삐질 흘렸다.

김수환이 저러는 이유를 그도 알고는 있었다.

본래 남자란 슬프기 그지없는 동물이다. 외적 조건이 뛰어난 이에게 열등감을 느끼는 것도 이해할 수 있었다.

내심 한숨을 내쉬었다. 이대로 계속 간다면 그다지 좋지 않으리라 판단했다.

30분이면 끝나는 브리핑보단 분위기를 완화하는 데 신경써야 할 것 같았다.

"여러분, 우리 그러지 말고 밥부터 먹으러 갈까요? 제가 기가 막히게 잘하는 한식집을 압니다. 브리핑은 거기서 해도 되겠군요. 특별히 제가 쏘겠습니다."

"와! 공대장님 멋져요!"

특히 여성진이 열렬히 환호했다.

지금은 점심시간.

그들도 배가 고픈 참이다. 지루한 브리핑보단 밥이 좋았다.

뜻대로 되어 간다고 생각한 윤혁수가 빙그레 미소 지었다.

"혹시 차 가져오신 분 계십니까? 제 차 안이 조금 더러워서 한 명밖에 못 태울 거 같아서요."

남자 전원이 손을 들었다. 네 대. 차는 충분했다.

"그러면 일단 각자 차를 끌고 이 앞 사거리에서 모입시다."

잠시 해산이었다. 나를 제외한 남자들이 어깨를 으쓱하며 자신감에 찬 표정을 지었다.

은근히 서로를 견제하는 기색도 있었다. 보이지 않는 대결이 시작된 것이었다.

그들의 뒤를 따르는 여성진은 재미있다는 듯 키득대며 자신들끼리 이야기꽃을 피웠다.

나는 천천히 그들의 상태창을 확인하며 걸었다.

'다 쭉정이인가.'

모두의 상태창을 확인하고 실망감이 늘었다.

오늘은 아무래도 기본 레이드만 관람할 수 있을 것 같았다. 쓸 만한 잠재력을 가진 사람이 없다는 게 조금 아쉬웠다.

하지만 이들과 잠시나마 어울리며 교감한다면 얻는 게 아예 없진 않을 터였다.

부딪치기도 하겠지만 바라는 바다. 나는 아예 밑바닥부터 샅샅이 훑고 지나갈 작정이었다.

그러다 보면 던전에 필요한 것도 알게 될 터.

지금의 나는 조금 더 인간을, 용사라는 족속을 배울 필요가 있었다.

그런 의미에서 천명회는 논외다.

그들이 김용우의 영향을 받는 이상 그들은 나를 알게 모르게 신경을 쓸 수밖에 없었다.

레이드도 이미 틀이 갖춰져 있기에 건질 게 없었다.

정형화된 레이드는 전생에서도 질리게 봐왔으니까.

"……?"

나는 잠시 발걸음을 멈췄다.

내 앞에 돌연 차 한 대가 섰다.

위가 뚫린 스포츠카. 세련된 외양이 제법 고가일 듯하다.

운전석엔 익숙한 얼굴의 남자가 타고 있었다.

길 카페에서 본 남자 중 한 명이다.

이름은 김수환. 사사건건 시비조로 분위기를 망친 남자였다.

"잘 빠졌죠?"

남자가 이를 드러내며 웃었다.

"먼저 갑니다. 천천히 와요. 아니면 아예 안 와도 좋고."

자기 할 말을 전부 끝낸 남자가 액셀을 밟았다.

부웅!

거친 엔진 소리와 함께 요란한 파란색의 스포츠카가 떠났다.

"음……."

나는 잠시 그가 던진 말의 의미를 해석하는 시간을 가졌다.

'허영심. 차 자랑이군.'

요컨대, 자신의 차를 보고 기가 죽었으면 그냥 오지 말라는 뜻이다.

나는 차종에 대해서 자세히 알지는 못한다.

하지만…… 내가 몰고 있는 차가 뭔지는 안다.

'좋은 탈것을 자랑하는 건 마족도 마찬가지지. 그런 의미에서 생각하면 꽤 비슷한 사고방식일 수도 있겠어.'

12공작 중 한 명은 순수 마룡을 부린다. 마룡을 타고 전장에 나선다.

마룡의 입김에서 쏟아지는 브레스에 수백의 마족이 녹아나기도 했다.

그런 것을 탄다면 즉시 전력의 강화로 나타난다.

다른 건 몰라도 그거 하나만큼은 정말 부러웠다.

어깨를 으쓱한 나는 유료 주차장 안으로 발길을 옮겼다.

"와! 아이언맨 차다!"

김수환이 차를 끌고 도착하자 주변에서 함성이 터졌다.

아우디 R8v10 플러스.

아이언맨의 주인공 토니 스타크가 모는 차다.

제로백 3.6초, 550마력. 모든 남자가 바라는 꿈의 스포츠카다.

김수환의 표정에 여유가 서렸다.

속속들이 다른 차가 도착했지만 모두 아이언맨 차에 비할 바가 못 됐다.

"제 차도 좋다고 생각했는데, 이거 비교가 안 되는군요."

윤혁수가 멋쩍게 웃었다. 그가 부럽다는 듯 김수환을 바라봤다.

"하하, 별거 아닙니다."

김수환의 콧대가 높아졌다.

공급이 늘고 있는 추세지만 여전히 코어의 시세는 비싸다. 새끼손가락보다 작은 코어 하나가 백만 원에 육박한다.

미국의 발표 전에는 훨씬 비싼 가격에 암거래되었다.

팔기에 따라 열 배, 스무 배의 가격도 받았다. 그나마 지금은 시장이 안정됐다고 할 수 있었다.

하지만 아이언맨 차는 2억이 넘는다.

발표 전이라면 모를까, 사냥을 하여 코어를 팔아도 족히 200개를 넘게 팔아야 한다는 계산이 나온다.

보통 공대가 8명에서 12명.

그들이 각자 자기 몫을 가져가면 남는 게 훨씬 줄어든다.

김수환은 아이언맨 차를 사고자 진짜 쉬지 않고 공대를 뛴 게 틀림없었다.

던전의 경험만은 베테랑이다.

그래서 부럽기는 했지만 내키진 않았다.

"어머, 차가 정말 좋네요."

여성진 중 한 명이 감탄하며 다가왔다.

"하하, 감사합니다."

김수환은 별거 아니라는 듯 담백하게 웃었다.

"실력이 정말 좋으신가 봐요."

"공대는 꽤 많이 뛰어봤습니다. 가끔 친구랑 둘이서 오기도 했고요."

"둘이서 사냥이 돼요?"

"노하우가 생기니까 되더군요."

"부럽네요. 저는 던전 한 번 돌면 1, 2주일간은 아무것도 못하겠던데."

여인은 한숨을 푹 내쉬었다.

사실 던전을 도는 이들 중에 제대로 된 이는 별로 없었다.

돈이 필요해서, 돈이 된다니까 무작정 뛰고 보는 이가 많았다.

돈 많고 앉아서 코어를 구할 수 있는 사람이 피 튀기는 전장에 들어갈 필요는 없지 않은가.

하지만 몇 번 공대를 뛰면 현실을 깨닫는다.

아, 세상에 쉬운 일 없구나. 잘못하면 진짜 죽겠구나!

길드가 존재하지만 그들은 엄격히 사람을 가려 받았다.

해서 실력 있는 각성자는 모든 이의 선망의 대상이 된다.

그만큼 살길을 잘 안다는 것이고, 그의 뒤만 따르면 안전이 보장된다는 뜻.

안전이 확보된다면 던전은 고수입의 일자리일 뿐이다.

김수환은 확실하게 여성진의 시선을 사로잡았다. 여인이 강한 수컷에게 끌리는 건 당연한 일이었다.

하지만 그 시선은 금세 비껴갔다.

"허, 저걸 모는 사람이 한국에 있었나?"

윤혁수가 진심으로 기꺼워했다. 그의 정면에 슈퍼 스포츠카라 평해도 하자가 될 게 없는 것이 다가오고 있었다.

"저 차가 뭔데요?"

김수환의 차에 관심을 보이던 여인이 윤혁수에게 물었다.

"부가티 베이론. 세상에서 가장 빠른 차 중 하나로 유명한 녀석이죠. 그만큼 가격도 괴물 같지만요. 휘유!"

부럽다는 듯 윤혁수가 휘파람을 불었다.

2015년형이다. 한국에선 판매조차 되지 않는 종이다.

나름 차 마니아인 윤혁수는 그걸 알고 있었다.

세상에서 가장 빠른 차! 아이언맨 차도 좋지만 부가티 베이론은 0이 하나 더 붙는 괴물 같은 가격으로도 유명했다.

저 차 한 대면 김수환이 모는 아이언맨 차를 10대 넘게 살 수 있다.

부가티 베이론이 그들의 가까이에 멈춰 섰다.

모두의 머릿속에 물음표가 그려질 찰나 문이 열리고 차주가 모습을 드러냈다.

꿀꺽!

모두의 얼굴이 괴기하게 바뀌었다. 몸을 바르르 떠는 사람도 있었고 감탄을 내뱉는 이도 있었다.

오직 김수환만이 똥 씹은 표정을 지었다.

"조금 늦었군."

나타난 이는 그들도 아는 귀국 자녀, 랜달프 브뤼시엘이었다.

그가 입가에 미소를 띠우며 김수환의 어깨를 두 차례 두드렸다.

그것만으로도 모든 의사소통을 끝낼 수 있었다.

그는 김수환에게 말하고 있었다.

'잘 빠지지 않았느냐'고.

김수환의 표정이 더욱 구겨졌다.

"어디서 빌려온 거요?"

"선물 받은 거다."

부가티 베이론을 선물로? 다들 믿기지 않는단 눈초리였다.

8개월간 던전을 뼈 빠지게 돌아도 부가티 베이론은 못 산다.

즉, 상당한 부자라는 거다. 부자가 왜 던전을 도는지 의아해할 수밖에 없었다.

하지만 더 이상의 설명은 없었다. 다들 이 광경에 압도되어 더 묻지도 못했다.

그리고 잠시 후.

여성진 중 가장 아름다운 여인, 마법사 이지혜가 차에 올랐다.

은근히 그녀를 노리던 남성들은 눈앞에서 대어를 놓친 낚시꾼마냥 넋 나간 표정을 지었다.

밥을 먹은 뒤 간단한 브리핑이 끝났다.

나오는 마수래 봤자 고블린과 코볼트, 식육박쥐, 소수의 에일스네이크가 전부다.

몇 가지 유의 사항과 해독약 한 알씩을 받고 북한산 입구에 도착했다.

길을 걸으며 공대장 윤혁수가 설명을 늘어놓았다.

"보다시피 던전의 입구는 하나입니다. 대신 엄청나게 커요. 몬스터 웨이브 때 저 입구에서 수천 마리의 마수가 튀어나온다고 상상해 보세요. 끔찍하죠?"

몬스터 웨이브가 일어날 때마다 상당한 피해를 야기했다.

공식화된 몬스터 웨이브는 필리핀과 중국 중동뿐이지만 수백의 사람이 죽었다.

한국에 있는 던전이라고 몬스터 웨이브가 일어나지 말라는 법은 없었다.

그리고 몬스터 웨이브가 일어날 때 던전 안이나 입구 근처에 있다간 백 퍼센트 죽는다.

모두들 위험을 감수하고 던전에 발을 들이는 것이다.

"그래도 근처에 군인들이 쫙 깔려 있으니까 도시 쪽은 안전할 겁니다."

"군인들이 있다면서 입구를 막지는 않는 겁니까?"

초보자인 박은택이 물었다. 던전에 오는 게 아예 처음인 그로서는 타당한 궁금증이었다.

윤혁수가 쓰게 웃었다.

"당연히 보고도 못 본 척하는 겁니다."

"네?"

박은택이 고개를 갸웃했다.

"던전 내에서 코어를 조달할 수 있는 게 우리 각성자들뿐이지 않습니까. 오일 대신 전 세계를 이끌어 갈 차세대 에너지원이라는데 사람 좀 죽는 걸로 정부가 움직일 턱이 없죠. 아마 근시일 내로 코어를 활용한 자동차 같은 게 나올걸요?

전기도 코어로 공급할 거고요. 의학계에도 대변혁이 일어날 테니……."

코어를 가루 내어 상처에 바르면 낫는다. 병마에 든 사람도 코어 가루를 물에 타서 마시면 조금씩 회복된다. 암이나 불치병마저 효과가 있다고 한다.

이는 마나의 속성 때문이다.

마나는 근본.

원래의 형태, 건강한 상태를 찾으려고 끊임없이 움직인다.

코어는 그 마나의 집합체다.

의학계에서도 난리가 날 수밖에 없다. 잘못하면 의사라는 직종 자체가 사라질 수도 있었다.

때문에 그들도 코어를 대량으로 구입하여 실험을 이어 나가고 있었다.

공급은 한정적인데 코어의 수요가 줄지 않는 이유다.

"그렇군요."

박은택이 이해했다는 듯 고개를 끄덕였다.

선두에서 발길을 옮기던 윤혁수가 잠시 멈춰 섰다.

"아무튼! 저기 던전 앞에 건물 하나 보이죠? 미스릴 길드가 운영하는 숍입니다. 기본적인 무기나 공격을 막아주는 방탄복 비슷한 걸 대여하니까 잠깐 들르도록 합시다."

2층 크기의 건물이 하나 세워져 있긴 했다. 던전과는 500m 정도 떨어진 곳이었다.

진짜 몬스터 웨이브가 일어나면 가장 먼저 쓸릴 장소다. 장사하는 이는 배포가 무척 큰 이가 분명했다.

숍 안으로 들어가자 윤혁수의 말처럼 무기나 방어구가 진열되어 있었다.

잠시 고민하다가 철검 하나를 대여했다. 날이 잘 갈려 있는 게 꽤 괜찮은 무기다.

계산대에 올려놓자 안경 쓴 남자 점원이 말했다.

"처음이세요?"

"처음이다."

"시간당 이만 원입니다. 보증금 삼십만 원 받고요."

두말 않고 지갑에서 돈을 꺼냈다.

"신분을 증명할 게 있습니까?"

"여기 있다."

신분증을 보여줬다. 그는 이후 몇 가지 확인 절차를 거친 뒤 검을 대여해 주었다. 생각보다 깐깐한 점원이다.

여덟 명 모두가 필요한 걸 대여한 뒤 건물 입구에 섰다. 모두 모인 장소에서 윤혁수는 나를 보고 곤란하단 표정을 지었다.

"랜달프 님? 피 튀기고 더러워질 텐데 괜찮겠어요?"

내가 대여한 건 검뿐이다. 입고 온 양복 차림은 그대로였다.

치마를 입은 여인들도 지금은 활동하기 편한 복장이었다.

상의에는 방탄복 재질의 얇은 옷을 덧대어 입었다.

하지만 고개를 저었다.

던전 안에 오래 있을 것도 아니고, 갈아입는 건 귀찮다. 나는 짤막하게 답했다.

"괜찮다."

"으음, 일단 이거 받으십시오."

윤혁수도 크게 따지고 들지는 않았다.

초보자의 만용은 자주 있는 일이다. 한 번 던전을 경험하면 생각이 바뀔 것이다.

윤혁수는 주먹만 한 크기의 등불을 나와 공격대원 모두에게 나눠줬다.

"충전 없이 48시간 정도 주변을 밝혀줍니다. 던전 안은 깜깜하니까 잃어버리지 않도록 조심하세요. 그럼, 이동합시다."

건물과 던전의 입구는 500m가량.

육안으로 확인할 수 있을 만큼 가깝다.

마침내 여덟 명의 사람이 입구에 도착하자 윤혁수가 말했다.

"브리핑 때 포지션 설명해 드렸죠? 어그로는 제가 끕니다. 근접 계열분들은 앞에 서시고……."

브리핑 당시 서로의 희망사항과 직업, 능력치 등을 고려하여 포지션을 짰다.

가장 최적화돼 있다고는 할 수 없지만 마구잡이로 다니는 것보다는 훨씬 효율적이다.

이윽고 공격대원 전부가 던전 안에 들어섰다.

"이제부터 긴장하세요. 어디에서 뭐가 튀어나올지 모릅니다. 오늘은 깊숙이 들어가지 말고 이 근처만 배회하겠습니다."

모두들 긴장하며 사방을 살폈다.

이들은 오늘 막 급조된 공격대다. 호흡을 맞출 시간이 필요했다.

괜히 깊숙한 곳까지 들어갔다가 집단행동을 하는 마수와 마주치면 곤란하다.

정사각형의 안이 훤히 비치는 작은 등불 안에는 촛불 대신 전구가 들어 있었다.

아주 밝지는 않았지만 주변을 육안으로 확인하는 데에는 충분했다.

너무 밝으면 마수들이 모일 가능성이 있기에 밝기를 조정한 물건이다.

"같은 초보자끼리 잘해봐요, 형."

바로 옆에선 박은택이 말을 걸었다. 나는 가볍게 고개를 끄덕이는 걸로 응수해 주었다.

생긴 것처럼 순박해 보이는 인상의 청년은, 겁을 먹은 듯 계속해서 눈알을 굴려 댔다.

"형은 안 무서워요?"

"안 무섭다."

"으…… 정말 그래 보이네요. 저는 무서워 죽겠어요. 코볼트 되게 무섭게 생겼던데."

"그래 봐야 코볼트일 뿐이지."

피라미드 구조에서 가장 밑에 있는 노예 계급 마수가 코볼트다.

생긴 거야 조금 험상궂긴 했지만 몇 번 상대해 보면 어렵지 않다.

박은택은 이후로도 간간이 내게 말을 걸었다.

형, 형거리며 친근하게 대했지만 결국은 자신의 불안을 대화로 승화시키려는 의도다.

내 짤막한 대답에도 박은택은 전혀 아랑곳 않았다.

"대기."

돌연 윤혁수가 멈춰 섰다.

이후 바닥에 귀를 바짝 가져다 댔다.

무언가가 다가온다면 소리로 확인할 셈이다.

10여 초 정도를 그러고 있던 윤혁수가 자리에서 일어났다.

"두 마리가 옵니다. 제가 먼저 가서 시선을 끌 테니까 대기하세요."

고블린이나 코볼트는 가장 먼저 적이라 인지한 상대를 집요하게 노리는 경향이 있었다.

그래서 어그로를 끄는 가더가 먼저 공격을 가하는 게 의례

적이다.

윤혁수가 달려 나가 잠시 모습을 감췄다.

남은 사람들 모두가 침을 꼴깍 삼키며 전방을 주시했다. 제아무리 베테랑이라도 목숨은 하나다.

실수 한 번으로 생명이 나가는 장소이니만큼 조심, 또 조심해야 한다.

30초가량이 지나고 누군가가 달려오는 소리가 들렸다.

소리는 여럿이었다.

윤혁수와 두 마리의 고블린!

"전투 준비!"

나를 포함한 전사 한 명이 한 발자국 앞으로 나왔다.

전사는 김수환이다.

그 뒤에서 궁수와 마법사 이지혜가 공격을 준비했다.

날이 선 단도를 든 시프(Thief) 박은택은 근거리 딜러와 원거리 딜러 사이에서 틈을 보완하는 역할이었다.

던전 탐험이 처음인 박은택은 단도를 꾹 쥐고 마른 입술을 연신 핥았다.

사령술사 김인필은 제일 뒤쪽에서 숨을 죽였다. 마수의 시체가 없는 지금, 그가 할 것은 응원뿐이 없었다.

캬아악!

성체라 해봐야 1m 크기인 고블린이지만 녀석들이 휘두르는 손톱과 이빨은 위협적이다.

턱의 힘이 워낙 강해 물리면 살점이 대량으로 뜯긴다. 잘못 물리면 즉사다.

한 마리는 주운 걸로 보이는 검을 꼬나 쥐고 있었다.

곧 엎어지면 코 닿을 거리에 고블린 두 마리가 도착했다.

"워터 스피어!"

동시에 마법사 이지혜가 스펠을 외웠다. 물의 창이 완성된 즉시 그녀의 손에서 빠르게 벗어났다. 그 뒤를 화살이 따랐다.

키힉!

한 마리가 고꾸라졌다. 하지만 죽지는 않았다. 배에서 피가 철철 흐름에도 자리에서 일어난 고블린이 더욱 광분하며 달려들었다.

방패를 든 가더 윤혁수와 김수환이 앞을 지켰다. 나도 적당히 검을 펼쳐 공격만 막아냈다.

'시늉만 해야겠군. 내가 나서면 이곳에 참가한 의미가 없으니까.'

그사이 박은택이 단도를 돌려 고블린 하나의 목숨을 뺏었다.

남은 것은 이제 한 마리. 빠르게 둘러싸 손쉽게 처리할 수 있었다.

"첫 사냥은 성공적이군요. 어때요? 할 만하죠?"

윤혁수가 손등으로 이마의 땀을 훔치며 말했다.

"어그로 진짜 잘 끄시네요. 꽤 많은 공격대에 참가했는데 단연 돋보이십니다."

김수환이 엄지를 치켜들었다.

사냥할 동안 어그로가 거의 튀지 않았다.

그나마 잠깐 고개를 돌려도 금세 다시 윤혁수를 노렸다. 어그로의 귀재라는 말이 아깝지 않을 수준이다.

윤혁수는 고블린의 시체 옆에 서더니, 검을 들어 배를 좍 갈랐다.

심장이 급속도로 줄어들며 작은 돌멩이처럼 모습을 바꾸었다.

코어다.

"크기가 괜찮군요. 이 정도면 150은 받겠는데."

시작이 좋다. 나머지 한 마리의 고블린에게서 나온 코어도 평균치보다 컸다.

코어 두 개를 회수한 윤혁수가 그제야 생각났다는 듯 손뼉을 치곤 물었다.

"아, 맞다. 초보자분들은 괜찮아요?"

"괘, 괜찮습니다."

박은택이 더듬으며 말했다.

몇 번 단도를 움직였지만 직접 타격을 주진 못했다.

그러나 오줌을 지리지 않은 것만으로도 괜찮은 성과긴 했다.

첫 사냥이니 충격이 있을 텐데 나름 의젓해 보이려고 노력하고 있었다.

나는 대답 대신 어깨를 한 차례 으쓱했다.

내 던전을 내가 터는 게 조금 이상한 기분이었지만 나쁠것도 없었다.

이 정도 수준에서 어떤 식으로 사냥이 이뤄지는지 대강은알 것 같았다.

'초보자는 꽤 애를 먹겠어. 공격대를 잘못 만나면 죽기 딱좋겠군.'

잠재력이 매우 높은 초보자가 첫 던전 공략에서 죽는다면아까운 일이다. 하지만 고개를 저었다.

'그렇다고 던전의 난이도를 더 낮출 순 없으니……. 이 부분은 그냥 놔둬야겠지. 잠재력이 높아도 고블린이나 코볼트따위에 죽는다면 결국 별거 없는 인간이란 소리.'

지금도 충분히 낮다. 여기서 더 낮추면 죽도 밥도 안 된다.

아니, 애당초 코볼트나 고블린보다 급이 낮은 마수는 찾기어렵다.

이런 식으로, 나는 공격대에 참가하며 공격대원의 입장에서 던전을 살폈다.

약한 용사가 어떤 식으로 위기를 헤쳐 가는지 살펴보는 것은 상당히 도움이 됐다.

게다가 막 전쟁터에 던져졌을 때 나를 보는 기분이라서 각별하다.

혼신의 노력을 하지 않으면 죽을 수밖에 없다는 압박감. 그런 게 느껴졌다.

"휘유! 굉장히 순조롭군요."

몇 차례 마수를 물리친 뒤 윤혁수가 기분 좋은 미소를 지었다.

던전에 들어온 지 두 시간이 지난 무렵이었고 그간 모은 코어는 13개였다.

벌써 개인당 백만 원이 넘는 돈을 벌었다. 모두의 얼굴에 웃음이 서렸다.

일행들 뒤에는 죽은 고블린 한 마리가 좀비처럼 느릿느릿 움직이고 있었다.

사령술사 김인필이 조종하는 마수였다.

'저런 식으로 움직이는군.'

그 모습을 새삼 신기하게 바라봤다.

그때 윤혁수가 짐을 풀며 말했다.

"잠깐 쉽시다."

2시간의 강행군.

쉴 때가 됐다.

하지만 아무 장소에서나 쉴 수는 없다.

마수가 다가오면 알아차릴 수 있고 마수들이 잘 다니지 않는 곳. 하지만 그런 장소는 찾기가 어렵다.

경험 많은 베테랑만이 몇 군데 그런 포인트를 두고 움직일 따름이다.

그리고 공격대엔 경험 많은 이가 둘 있었다.

공대장 윤혁수가 보아둔 포인트다. 여기라면 안심하고 쉴 수 있다.

공격대원 전원이 주변 자리에 앉아 잠시 쉬는 시간을 가졌다.

"너무 깊이 들어온 거 아녜요?"

여성진 중 한 명이 불안한 음성으로 묻자 윤혁수가 고개를 저었다.

"많이 들어온 거 같죠? 사실 얼마 안 들어왔어요. 30분만 걸으면 나갈 수 있습니다."

"진짜로요?"

"뼁뼁 돈 거죠, 그니까. 왜요? 무서워요?"

"그야……."

여인이 어색한 미소를 지었다.

"걱정 마요. 그보다 이거 보세요."

그러나 곧 윤혁수의 가죽 주머니에서 풀어지는 코어를 보곤 눈을 빛냈다.

"13개! 후후. 크기를 보니 각자 200씩은 가져갈 수 있겠습니다."

"공대장님은 더 안 받으시고요?"

코어를 팔면 공대장은 다른 사람보다 1.5배를 받는다.

공대장은 대부분 가더 출신이었고 그렇지 않더라도 어그로를 담당한다.

게다가 모든 준비를 도맡아 한다. 위험이 노출되고 하는 일이 많아서 다들 인정하는 부분이다.

"제가 더 받아도 그 정도란 말입니다."

"세상에!"

여성진을 비롯한 다른 이들도 들뜬 마음이 되었다.

두 시간 사냥하고 이백이다. 이런 경우는 좀처럼 없다. 실력도 실력이지만 운도 따라야 한다.

"우리 이러지 말고 조금 더 들어갈까요? 처음치고는 호흡 괜찮네요. 한 다섯 마리까진 무리 없이 사냥할 거 같은데?"

윤혁수가 제안했다.

확실히 오늘 같은 날은 여기서 해산하기 아깝다.

벌 수 있을 때 바짝 벌어두라는 말이 있듯이 오늘이 그런 날이었다.

몇 시간 더 고생하면 한 달은 놀 수 있다. 그만큼 위험해지긴 하겠지만 모든 이가 돈에 흥분 상태였다. 가라앉으려면 시간이 필요할 것이다.

"좋아요."

"가 봅시다."

한 명도 빠짐없이 찬성을 표했다.

나도 딱히 뺄 이유가 없었다.

내가 고개를 끄덕인 걸 기점으로, 공격대는 10분가량을 더 쉬고 움직이기 시작했다.

던전에 들어오고 4시간이 지났다.

그간 공격대는 상당한 숫자의 마수를 없앨 수 있었다.

"이제 돌아가죠? 저도 이 이상은 들어가 본 적 없습니다."

김수환이 불안하다는 듯 말했다. 확실히 너무 깊이 들어온 감이 있었다.

또한 모두가 지친 상태였다. 돌아가는 길에 마수를 만나지 말라는 법이 없으니 이쯤에서 해산해야 옳았다.

윤혁수도 거절은 하지 않았다. 대신 조건을 달았다.

"그럼 마지막으로 한 번만 몰아오겠습니다. 어때요?"

"뭐, 마지막이라면 괜찮습니다."

"대기하고 계세요. 적당히 몰아오겠습니다."

윤혁수는 호탕한 미소를 지어 보이며 방패를 든 채 자리를 떠났다.

공격대는 여태껏 그랬던 것처럼 윤혁수를 기다렸다.

하지만 시간이 지나도 윤혁수는 돌아오지 않았다.

5분이 지났다. 여전히 소식은 없었다.

10분쯤 지나니 모두들 불안해질 수밖에 없었다.

"……공대장이 왜 안 돌아오죠?"

"무슨 일을 당할 게 아닐까요?"

그 불안감에 가장 먼저 반응한 건 여성진이다.

김수환은 잠시 턱을 쓸다가 한숨을 내쉬었다.

"10분만 더 기다리겠습니다. 그 뒤에도 안 돌아오면 우리 끼리 돌아가야 합니다."

"지, 지금 공대장을 버리겠다는 겁니까?"

잠자코 듣고 있던 부대장 김인필이 목소리를 높였다.

사령술사인지라 언제나 뒤에 서 있었지만 지금은 앞에 나와 있었다.

"부대장님, 10분이 지났고, 10분 더 기다리는 건 정말 많이 기다리는 겁니다. 홈페이지에도 나와 있죠? 몰이꾼이 15분 이상 돌아오지 않으면 그 자리를 피하라고요. 몰이꾼을 죽여서 흥분한 마수들이 덮쳐 올 수도 있습니다."

흥분한 마수도 무섭지만 그보다는 사람의 피 냄새를 맡고 몰려올 놈들이 문제다. 자리를 피하는 게 상책이었다.

"사람이 어찌 그리 잔인할 수 있습니까!"

"다 죽자는 거 아니면 조용하십시오."

김수환은 베테랑이다. 이런 경험도 몇 번 겪었다. 괜한 정에 휘둘리면 죽음뿐이다.

시간은 빠르게 흘렀다. 다들 숨을 죽인 채 윤혁수가 돌아오길 기다렸다.

그리고…… 10분이 더 지났다.

"갑시다."

"조금만 더. 조금만 더 기다립시다. 제발."

김인필이 붙잡았지만 이미 여론은 김수환의 편이었다.

김수환은 매몰차게 거절하며 몸을 돌렸다.

"많이 기다렸습니다."

"10분, 아니, 5분만 더……."

"정말 이러실 겁니까?"

김인필은 고개를 깊숙이 숙였다.

"부탁입니다. 그 친구는 내 십년지기입니다. 녀석의 부모 님은 어렸을 적에 돌아가셨는데, 그때 내게 놈을 맡겼단 말 입니다. 이대로 보낼 수는 없습니다."

눈 끝이 찡해지는 이야기다.

"5분만 더 기다려 보죠? 사연이 딱해요."

"지혜 씨…… 후! 알겠습니다. 5분입니다. 그 뒤엔 미련 없 이 가는 겁니다. 알겠습니까?"

김수환은 이미 공대장 취급이었다. 그가 이곳에서 가장 경 험이 많았기 때문이다.

다른 대원들도 순순히 김수환의 의견을 따랐다.

"고맙습니다. 정말 고맙습니다."

김인필은 몇 번이고 고개를 숙였다.

대원들은 지칠 대로 지친 기색으로 하염없이 공대장 윤혁 수가 떠나간 자리를 쳐다봤다.

사람인 이상 긴장한 상태를 종일 유지할 순 없다.

오랫동안 긴장하면 필요 이상으로 에너지가 소모된다. 심신이 더욱 빠르게 지친다.

지금의 상황이 그랬다. 4시간을 강행군한 상태에서 다시 20분이 넘게 필요 이상의 긴장을 해버렸다.

이제 검 한 번 휘두르고, 화살 한 대를 드는 것조차 힘이 들 것이었다.

그렇게 다시 5분이 지났을 때였다.

"옵니다."

가장 먼저 이변을 눈치챈 사람은 김수환이었다.

그는 등불을 앞으로 내밀며 소리가 다는 방향을 주시했다.

이내 표정이 와락! 구겨졌다.

"미친!"

욕설과 함께 한 발자국 뒤로 물러난다. 다들 의아해했으나 곧 이유를 알 수 있었다.

끄륵!

키리릭!

공대장 윤혁수가 보인다.

그 뒤를 따르는 수많은 마수 무리도 보인다.

"도망가!"

어디로?

이곳의 지리를 아는 사람은 윤혁수와 김수환뿐이다. 하지만 윤혁수는 쫓기고 있었고 김수환은 갈피를 잡지 못하는 상태였다.

그런 때에, 김인필이 뒤도 안 돌아보고 윤혁수를 향해 달렸다.

마수들은 공격대를 발견하곤 반으로 찢어졌다.

어찌해야 하는가?

마수들이 달려오는 속도가 심상치 않다.

지칠 대로 지친 상황에서 완전히 뿌리치는 건 불가능하다.

김수환은 잠시 뒤를 쳐다봤다.

여자 셋, 초보자 둘.

지금 상황에선 짐이다. 이들을 이끌고 지금의 추격을 뿌리친 다음, 던전을 빠져나갈 수 있을까?

비관적이다.

마수들은 잔뜩 흥분해 있었다. 끈질기게 따라붙을 것이다.

반면 윤혁수와 김인필은 베테랑이다. 생존에 이골이 난 이들!

더 볼 것도 없다.

김수환은 다섯 명을 버렸다. 즉각 윤혁수와 김인필이 있는 곳을 향해 달렸다.

"자, 잠깐?!"

두 명의 초보자 중 한 명. 시프인 박은택이 놀라 외쳤지만 이미 늦었다. 여성들도 망연자실한 표정을 지었다.

'상황이 재밌게 돌아가는군.'

입매가 뒤틀린다. 약자가 도태되는 건 인간들도 마찬가지인 모양이다.

이래서야 마족과 다를 게 없다. 단 하나의 미련도 남기지 않고 매정하게 등을 돌린다.

이 결말이 어떻게 진행될지, 조금 흥미가 동했다.

이대로 포기할까?

연극이 아니다.

실시간으로 이어지는 생존의 갈림길이다.

던전 마스터로서 지켜보는 것과 같은 무리에서 상황을 겪는 건 차원이 다른 느낌을 가져다줬다.

아련한 향수마저 느껴질 정도다.

"가세요. 제가 시간을 끌겠습니다."

초보자.

시프.

시간이 날 때마다 내게 말을 걸었던 순박해 보이는 청년.

박은택이 떨리는 손으로 단도를 쥐었다.

나는 작게 감탄했다.

'희생인가!'

다섯으로 나뉘어 도망치거나 싸우는 걸 생각했다.

그래야 1%의 가망이라도 있기 때문이다. 희생은 전혀 예상하지 못했다.

당연하지 않은가.

이들은 오늘 처음 만났다.

만난 지 반나절조차 지나지 않았다.

그런데 목숨을 걸고 지킨다고?

오지랖도 넓다.

그 무모함에 주먹을 꽉 쥐었다.

숭고한 희생?

그건 개죽음을 잘 포장한 단어에 불과하다.

즉, 이건 개죽음이다!

"가세요, 어서!"

"미안해요, 미안해요……."

"조, 조심하세요."

"흑!"

박은택의 외침에 세 여인이 몸을 돌렸다. 돌아온 길을 더듬어 뛰기 시작했다.

그녀들이라고 모르지 않을 것이다. 이곳에 남은 자는 죽으리란 것을.

나는 씨익 웃는 박은택의 미소를 마지막으로 미련을 접었다.

내가 나서면 지금의 상황은 손쉽게 정리할 수 있었다.

하지만 그러지 않았다. 그럴 필요를 못 느꼈다.

따지고 보면 이들은 침입자다. 내 집에 무단으로 들어온 무뢰배들이었다.

그나마 김용우는 가치가 있어서 살렸지만, 박은택은 달랐다.

낮은 잠재력, 낮은 성장성, 무엇 하나 내게 도움 될 게 없다.

아등바등 무슨 수를 써서라도 살아남으려 했다면 모르겠다.

그 처절함에 마음이 동해 움직였을지.

그런데 그마저도 아니지 않은가.

저 짧은 단도로는 마수 한 마리도 힘겨울 게 분명했다.

오늘 던전에서 박은택이 마수에게 직접적으로 공격을 가한 적은, 단 한 차례도 없었다.

그저 막는 것에 급급했을 뿐이었다.

그리고…….

만용의 결과는 언제나 한결같다.

콰.

득!

콰드득!

"끄으, 끄아악!"

눈물, 콧물, 머리칼을 휘날리며 여인 세 명이 자리에 쓰러지듯 주저앉았다.

반쯤 탈진한 듯 흐물거리는 몸을 지탱하는 게 고작이었다.

자리에 멈춰 선 그녀들 중 한 명이 무릎에 얼굴을 파묻었다.

한 명은 거친 숨을 내몰며 가슴을 부여잡고 있었다. 나머지 한 명은 계속해서 주변을 두리번거렸다.

죽음의 늪에서 벗어나고자 한계까지 짜냈다.

후들거리는 다리가 더 달릴 수 없다는 이야기를 해주고 있었다.

아무런 대화도 없었다. 대화할 여력조차 되지 않았다.

차라리 이대로 시간이 멈춘다면, 아니, 과거로 돌아갈 수 있다면…….

"나머지 사람들…… 어떻게 됐을까요?"

침묵을 깬 건 이지혜였다.

마법사가 으레 그렇듯 지능 능력치가 높은 그녀만이 그나마 냉정하게 지금의 상황을 돌아보고 있는 것 같았다.

다른 두 여인은 대답하지 못했다.

입을 열어봤자 비관적인 대답밖에 나오지 않으리란 사실은 모두가 알고 있었다.

김수환과 부대장 김인필에 대해서는 특히.

그 두 명은 매정하게 자신들을 버렸다.

"혹시…… 여기가 어디인지 알고 계신 분 계신가요?"

당연히 손을 드는 사람이 있을 리가 없다.

그녀들 모두 던전 경험이 많지 않았다.

매번 공격대의 후미를 맡았기에 던전의 지형을 외우겠다고 생각한 사람 역시 없었다.

이지혜가 절박한 얼굴로 남은 사람들을 면밀히 쳐다봤다. 내게 이르러선 그냥 고개를 돌려 버렸다.

그녀의 의식 속에서 나는 던전을 처음 들어오는 초보자이기 때문이다.

물론 그녀의 생각과 다르게 나는 던전의 지형을 알고 있다. 하지만 손을 들지 않았다.

박은택으로 인해 내 생각과 다른 전개가 이어졌다. 이 상황이 어떠한 파국을 맞이할지 지켜보고 싶었다.

"없군요."

이지혜가 한숨을 내쉬었다.

주변은 어두웠다.

등불은 모두 버려서 내가 들고 있는 게 유일했다.

이것도 앞으로 몇 시간 후면 꺼질 것이다.

"작전을, 작전을 짜도록 하죠."

"작전은 무슨 작전! 우린 다 죽을 거야. 죽을 거라고!"

여인 한 명이 히스테리를 부렸다.

이지혜는 이를 다물었다. 곧 속사포처럼 히스테리를 부린 여인이 이지혜를 몰아붙였다.

"네가 그때 5분만 더 기다려 보자는 말만 안 했으면. 그랬으면 우린 지금쯤 던전을 빠져나갔을 거야. 이게 다 네 탓이라고!"

"그래서요?"

"뭐?"

여인은 어이가 없다는 듯 눈을 부라렸다. 그러거나 말거나 이지혜는 얼굴에 철면피를 깔고 모르쇠로 일관했다.

"이미 지나간 일이잖아요. 아니면 절 죽이기라도 하실 건가요?"

"뻔뻔한 년!"

"죽이긴 싫고, 죽기도 싫다면 앞으로 어떻게 해야 할지 논의해 보죠."

나는 냉정하기 그지없는 이지혜의 모습에 고개를 주억였다.

내 기억상 그녀의 잠재력은 별로였다. 그런데 지금의 모습은 잠재력이나 능력치만으로 설명할 수 없는 깊이가 느껴졌다.

아니면 내가 잘못 본 걸까? 혹시나 싶어서 심안을 발동했다.

이름 : 이지혜

직업 : 용사(물의 마법사)

칭호 : 없음

능력치 :

　힘 22

　지능 41

　민첩 18

　체력 26

　마력 35

　잠재력 (142/277)

특이사항 :

스킬 : 워터 스피어(N)

역시나. 잘못 본 건 아닌 듯싶었다.

그럼 지금의 모습은 천성이란 말인가?

다소 무리를 하는 것처럼 보이긴 했지만 냉정하고 결단력이 있다.

모두가 함께 모여 있을 땐 몰랐으나 자리가 주어지자 물 만난 물고기처럼 행동한다.

이런 사람은 매니저로 제격이다.

공격대엔 포함되지 않고 공격대를 외부에서 지원하며 관리하는 사람…….

내 눈이 번뜩였다.

'괜찮군.'

생각지도 못한 보물을 발견한 기분이다.

여기서 괜히 내가 나서면 조개 안에 든 것이 진짜 진주인지 확인할 수 없게 된다.

그녀를 조금 더 눈여겨보기로 결심했다.

"일단, 우리가 온 길을 되짚어 봐요. 등불 좀 빌려주시겠어요?"

나는 말없이 등불을 건넸다.

그녀는 그것을 내려놓은 뒤 돌멩이 하나를 들어 바닥을 긁었다.

돌멩이가 바닥을 긁으며 하얀 선을 만들어냈고 선은 구불거리며 길을 표시했다.

하지만 계속해서 이어지진 못했다. 길을 외우며 달릴 정도로 형편이 좋지는 않았던 탓이다.

아무리 애를 써도 결국 어느 지점에서 막히기 일쑤였다.

"제가 기억하는 건 여기까지. 더 기억하시는 분?"

나머지 여인 두 명은 어느새 이지혜에게 압도당해 있었다.

이지혜는 이마를 꾹꾹 누르며 바닥을 주시했다.

"뭐, 이 길을 사용할 생각은 없으니까 됐어요. 가 봤자 인육 맛을 본 마수들밖에 없을 거고."

"사, 살아 있을 수도 있잖아요."

"누가요? 우리를 버리고 도망간 셋? 아니면 마수를 막아 준 박은택 씨?"

"박은택 씨가 살아 있을 수도 있잖아요."

단순한 희망사항이다. 그녀들 모두 박은택의 비명 소리를
들었다. 살아 있을 가능성은 없었다.

"만에 하나 살아 있다고 해도 우리는 돌아가는 길을 몰라
요. 가다가 마수를 만날 수도 있어요. 적어도 저는 되돌아가
고 싶지 않네요."

이지혜는 단호했다.

말을 나누던 여인은 입술을 꽉 깨물었다.

"그럼 바닥에 그건 왜 그린 거예요?"

"지도죠. 우린 이곳을 기점으로 움직이며 근처의 지리를 파
악할 필요가 있어요. 하다못해 종이와 펜이 있으면 좋겠지만,
그런 걸 챙긴 분은 없는 것 같으니 바닥에 그릴 수밖에요."

한바탕 속셈을 내뱉은 그녀가 작게 읊조렸다.

"던전 입구 근처의 지형은 완벽하게 숙지하고 있어요. 비
슷한 지형이 나오기만 하면……."

"더 깊숙하게 들어갈 경우는 어쩔 셈이지?"

잠자코 지켜보던 내가 한마디 내뱉었다. 입구 쪽으로 다가
가는 것과는 반대로 더욱 깊숙이 들어가게 될 가능성도 없지
는 않았다.

이지혜는 차분히 설명했다.

"식육박쥐라는 마수가 있어요."

"가끔 날아다니는 그거 말인가."

던전 내에서 가장 높은 비율을 차지하는 게 식육박쥐다.

주로 시체를 먹거나 고블린, 코볼트를 사냥한다.

인간을 습격하는 건 정말 굶주렸을 때다. 아니면 그들의 영역을 침범했거나.

"예, 어느 정도 큰 식육박쥐의 새끼는 아침에 자고, 저녁에는 던전 입구에 몰리는 경향이 있어요."

"그런 습성이 있었나?"

"입구 쪽에 벌레가 많거든요. 벌레를 잡으면서 사냥을 배우죠."

"……그렇군."

던전은 갑자기 생겨난 장소다. 처음 그곳엔 오로지 몇 종류의 마수밖에 없었다.

벌레들은 당연히 던전 바깥에서 유입되어 왔다. 던전이 생긴 지 얼마 안 되었으니 입구 쪽에 벌레가 많은 건 당연한 현상이었다.

거기다가 일반적인 마수는 던전 마스터의 허락 없이 던전을 빠져나가지 못한다. 입구 쪽을 서성일 수밖에 없는 이유다.

이지혜가 알아낸 정보는 아니겠지만 대단한 관찰력이다. 고작 8개월로 식육박쥐의 습성을 인간들은 어느 정도 파악한 것 같았다.

나야 아예 관심이 없었으니 모를 수밖에 없었다. 최근에 숫자가 너무 불어나서 에일스네이크를 풀어놨지만 그게 전부다.

"지금부터 식육박쥐를 찾아서 따라가면 되는 건가?"

"이 주변에 위험이 없는지 파악하는 게 먼저예요. 그다음 식육박쥐의 군락지를 찾아야 하고요. 입구를 향해 가는 건지, 벌레를 먹고 돌아오는 건지 확인은 해야 하니까요. 무작정 따라갈 순 없죠."

안전 지향이다.

확실히 지금과 같은 상황에서 모험을 하는 건 좋지 않다.

이지혜는 고개를 돌려, 남은 사람들을 바라봤다.

"조금이라도 힘이 있을 때 움직이죠."

"나, 난…… 못 가요."

한 명이 기권을 선언했다.

맨 처음 발악하듯 논쟁을 벌인 여인은 이지혜를 더욱 강렬하게 노려보았다.

"너는 슬프지도 않니?"

"슬퍼요. 그래도 가만히 앉아서 죽을 순 없잖아요?"

"사갈 같은 년."

이지혜는 휙! 고개를 돌렸다.

"랜달프 씨? 함께 움직이는 편이 낫겠어요."

"그러지."

어깨를 으쓱한 내가 움직이자 남은 두 여인이 살짝 불안한 기색을 내비쳤다.

이런 상황에서, 한 명뿐인 남성은 의지의 대상이 된다.

"저, 저도 갈게요."

결국 항복 선언을 했던 여인이 힘겹게 자리에서 일어났다.

"……."

마지막으로 남은 여인도 이를 바드득 갈며 일어났다. 자존심이 상하고, 힘도 들지만 목숨에 비할 바는 아니다.

거기다가 등불은 하나뿐이었다. 홀로 어두운 장소에 남아 있을 자신이 없었다.

모두 준비된 것을 확인한 이지혜가 말했다.

"그럼, 출발하죠."

Dungeon Hunter

주변은 안전했다.

넷은 처음 장소로 돌아와 대책을 세웠다.

가장 먼저 실행한 건, 주변의 공간이 좁은 걸 활용하여 마수가 들어오면 바로 알아차릴 수 있도록 함정을 만드는 것이었다.

무른 지대에 바닥을 파고 화살을 박아둔 뒤 주변에 기생하는 풀들로 대충 덮어둔 게 전부지만 함정이 없는 것과 있는 것의 차이는 컸다.

그들은 그제야 편히 쉴 수 있었다.

그리고 다음 날.

약간의 간식과 식수로 허기를 채우고 다시 움직이기 시작했다.

최대한 조심스럽게 움직여서 마수와는 부딪치지 않았다.

문제는 이곳의 지리가 완전히 생소하다는 점이다.

식육박쥐의 군락지를 찾는 수밖에 없는 듯싶었다.

그 군락지에서 나오는 새끼를 따라가 던전을 탈출하는 게 그나마 현실성이 있어 보였다.

첫날은 실패. 둘째 날은 먹을 게 떨어졌다.

손목시계를 통해서 시간을 확인했으니 둘째 날이 맞을 것이다.

물은 물의 마법사인 이지혜가 주변의 수증기를 모아 목은 축일 정도가 됐다.

하지만 시간도 오래 걸리고 급격하게 피로가 몰린다. 무엇보다 허기가 졌다.

식량 문제를 먼저 해결해야 할 것 같았다.

"……이건 먹을 수 있겠군요."

근처를 서성이던 에일스네이크의 목을 워터 스피어로 뚫어버리고 이지혜가 한 말이다.

두 여인은 경악했다. 아무리 배가 고파도 마수를 먹을 생각을 하다니?

뱀처럼 보이지만 엄연히 마수였다. 사람을 습격하는 마수!

이지혜는 신경 쓰지 않았다.

많은 풀잎과 나뭇가지 몇 개를 모아 마법으로 안에 든 물기를 완전히 제거한 뒤, 근처에 돌아다니던 돌멩이 하나를 내게 넘겼다.

"힘 좀 써주세요."

불을 피워 달라는 뜻이다.

흔쾌히 받아들였다. 마찰을 일으켜 불을 피웠다. 힘과 속도가 겸비되자 몇 분 지나지 않아서 연기가 피어오른 것이다.

뱀가죽을 벗기고 불 위에 올렸다.

곧 노릇한 냄새가 났다.

마저 고기가 익자, 이지혜는 거리낌 없이 한 입 베어 물었다.

'냉정한 계산력, 생존력, 행동력, 그리고 주변의 시선을 신경 쓰지 않는 점.'

나는 그 모습을 보곤 흡족히 미소 지었다.

'정말 괜찮군.'

이 정도면 합격이다.

'이제 하나 남았다.'

던전을 빠져나가기 위한 조건.

나는 그것이 오기를 기다렸다.

고블린 세 마리가 쳐들어왔다.

겨우 해치울 수 있었다.

하지만 모두 무사하진 못했다.

한 명이 물렸다.

처음부터 이지혜와 대립한 여인과 다르게 겁이 많던 여인
이었다.

"미안해요……."

그녀는 시름시름 앓았다.

옆구리를 물렸는데, 상처 사이로 균이 침입한 것 같았다.

열이 팔팔 끓고 사경을 헤맸다.

가끔 정신을 차리면 사과부터 했다.

"곤란하네요."

이지혜는 작게 한숨을 내쉬었다.

식육박쥐의 군락지를 찾지 못한 상황. 더 지체하면 생존
가능성은 기하급수적으로 낮아진다.

"왜? 또 버리고 가게?"

남은 여인이 눈을 부릅떴다.

박은택의 경우를 말하는 모양이다.

따지고 보면 이지혜 혼자 버리고 간 게 아니다.

여기 있는 모두가 공범자다. 그가 죽을지 뻔히 알면서 등

을 돌린.

남에게 떠넘기지 않으면 버틸 수 없었을 따름이다.

이지혜는 그 사실을 안다. 그래서 고개를 저었다.

"그런 뜻이 아니에요. 아무튼 열병인 거 같은데……. 상황을 보죠. 식량은 저와 랜달프 씨가 조달하도록 할게요."

역할이 배정됐다.

나와 이지혜는 자생하는 버섯, 풀 따위를 모아 죽을 끓였다.

하지만 펄펄 끓는 열은 좀처럼 가라앉을 줄 몰랐다.

자연히 다른 사람들도 체력을 잃어갔다.

며칠이 더 지나자, 움직이는 사람은 나와 이지혜뿐이었다.

이지혜는 손톱을 깨물었다.

두 여인은 이제 완벽한 짐짝이 되었다.

원인은 알 수 없다. 병이 전염된 것일 수도 있고 몸이 쇠약해진 것일 수도 있다.

이번만큼은 이지혜도 쉽사리 결정을 내리지 못했다.

그녀가 제아무리 냉정한 성격이라지만 죄악감을 느끼는 인간이다.

이 두 명마저 버린다면 일생을 죄악감에 떨며 살게 될 것이다.

방법을 구해야 하지만, 늪에 빠진 듯 움직일 수가 없었다.

"군락지를 최대한 빨리 찾아서 사람을 데려오면. 아니야. 그러면 늦어. 열이 많아서 물 없인 하루도 못 버텨. 돌봐줄 사람, 아니, 아니야. 마수가……."

그녀가 신경질적으로 머리를 박박 긁었다. 어쩌면 영원히 풀리지 않을 난제다. 깨지지 않던 그녀의 표정에 금이 가기 시작했다.

초조함이 극에 달한 순간.

"차, 찾았다. 드디어 찾았어!"

이지혜의 눈이 화등잔만 하게 커졌다.

멀지 않은 곳에서 사람의 목소리가 들려왔다.

고개를 돌리자, 그곳엔 있을 수 없는 사람이 있었다.

김수환!

생존을 위해 도망간 사람이다.

그런 이가 왜 이곳에 있단 말인가? 이지혜는 믿기지 않아 물었다.

"대체 어떻게 된 거죠?"

"다, 다행입니다. 모두 살아 계셨군요."

"같이 간 두 사람은 어디 있어요?"

"공대장 윤혁수, 부대장 김인필은 죽었습니다. 저만 겨우 살아남았어요."

김수환의 표정에는 안도감이 넘쳤다.

표정이 어딘가 딱딱하긴 했지만 힘겨운 사투를 벌여서라

고 생각하면 넘어갈 수 있는 부분이다.

그가 지척에서 한 발자국 더 다가왔다.

"우리는 어떻게 찾았죠?"

"우연입니다. 저도 길을 잃어서 헤매다가 겨우 찾았습니다. 아아, 정말 신께 감사드립니다."

이지혜의 미간이 찌푸려졌다.

김수환이 이런 캐릭터던가?

강한 자존감과 허세를 적절히 버무려 놓은 게 김수환이었다.

물론 몇 날 며칠 홀로 돌아다니면 신께 감사함을 전하고 싶기도 하겠지만…….

그녀의 냉철한 판단력은 아직 죽지 않았다. 그녀의 이성이 무언가를 경고하고 있었다.

한 발자국. 김수환이 다가왔다.

"그런데 두 분이 쓰러져 계시군요. 설마?"

"죽진 않았어요. 열병에 걸렸을 뿐이에요."

"아아, 아직 죽지 않아서 다행입니다. 휴우!"

아직? 뉘앙스가 묘했다.

"이 빌어먹을 던전은 너무 넓어요. 도저히 사람이 버틸 수 있는 공간이 아니죠."

한 발자국…….

"코볼트, 고블린, 박쥐 떼! 잘 버티셨습니다. 이제 힘을 합쳐서 해결해 나갑시다."

"잠깐, 수환 씨. 멈춰요."

"왜 그러십니까?"

"던전에 들어오기 전에 저한테 해준 말이 있잖아요. 던전에서 나가면 꼭 드라이브시켜 주겠다고. 병원에 있는 여동생도 소개해 준다고요."

김수환은 당연하다는 듯 고개를 주억였다.

"예, 그러기로 했죠."

"약속 지키실 건가요?"

"하하. 걱정 마십시오. 약속은 지키라고 있는 거 아닙니까."

"워터 스피어."

이지혜의 주변으로 물의 창이 생겨났다. 김수환은 이에 당황하고 말았다.

"……왜?"

"드라이브 약속을 한 건 맞지만 수환 씨는 여동생이 없지 않나요? 남동생이라면 모를까."

"아아! 제가 정신이 오락가락했나 봅니다. 그간 던전에서 못 볼 꼴을 너무 봐서요."

이지혜가 경계 가득한 눈초리로 물러섰다.

던전에 들기 전, 김수환과 짧게 이야기를 나눌 기회가 있었다.

그때 김수환은 이지혜에게 드라이브를 제안했다. 동생을

소개해 준다는 말도 했다.

하지만 친동생의 성별을 보통 까먹던가?

그냥 넘어가기엔 석연찮은 구석이 많았다. 이지혜는 결단을 내렸다.

"가까이 오지 마세요. 한 발자국만 더 오면, 공격하겠어요."

"쯧, 눈치가 빠른 년이군."

김수환의 태세가 급변했다.

검을 들어 이지혜의 목을 노렸다.

워터 스피어가 정확히 복부에 들어갔지만 김수환은 멈춰서지 않았다. 마치 고통을 느끼지 않는 듯이.

말투, 분위기, 모든 게 이상했다.

김수환이되 김수환이 아닌 느낌.

이상함을 느꼈을 때 공격을 해야 했건만.

후회는 아무리 해도 늦다.

김수환의 검을, 피할 수 없다. 본능적으로 죽음을 예감했다.

바닥을 구르는 자신의 목이 상상됐다.

이지혜는 질끈 눈을 감았다.

그리고······.

"합격이다."

나는 아주 흡족한 미소를 지었다.

기다리던 그것이 왔다.

이지혜의 재치도 빛을 발했다.

드디어, 마지막 조건이 완성되었다.

좌악!

김수환의 목이 바닥에 떨어졌다.

순식간에 일어난 일.

사방으로 피가 튀겼다. 이지혜의 얼굴은 피를 흠뻑 뒤집어 썼다.

서 있던 자세 그대로 이지혜의 몸이 경직됐다.

너무나 자연스럽게 일어난 일이지만 지극히 비현실적이다.

여태껏 초보자라 여겼던 이의 손속과 눈빛은 차갑기 그지없었다.

눈을 크게 뜬 채 목이 잘려 나간 김수환과 나를 가만히 바라보고만 있었다.

그런 이지혜를 놔두고, 나는 김수환이 왔던 길을 돌아보며 말했다.

"언제까지 쥐새끼처럼 숨어 있을 작정이냐? 나와라."

짝짝짝!

동시에 어둠 속에서 박수 소리가 들려왔다.

죽었다는 공대장과 부대장이 그곳에서 나타났다.

나는 미소를 지었다.

이건 진짜 미소다.

지금의 상황이 재밌고 만족스러워서 흘리는 소리 없는 웃음이었다.

부대장이자 사령술사인 김인필.

그가 진짜 배후였다.

판을 짜고 계획을 실행한 사람.

김수환의 시체를 조종하여 기만책을 쓴 사람이 바로 그였다.

사령술사 김인필의 스킬 숙련도로는 고블린 한두 마리 움직이는 게 한계라고 생각했지만 시체 한 구를 나름 유연하게 움직이는 걸 보아, 높은 마력 능력치가 보완 효과를 낸 것 같았다.

'고블린을 어수룩하게 조종한 것도 의도됐다는 소리.'

김인필은 시체 조종술을 이용해서 고블린 한 마리를 움직인 적이 있었다.

움직임이 뻣뻣하여 별 도움이 안 된다 싶었는데 그게 모두 의도된 장면이었다.

처음부터 끝까지 사람들을 기만할 생각으로 가득 차 있지 않고선 거기까지 계산하지 못할 것이다.

하!

이런 인간이 존재할 줄이야.

인간보다는 마족이 어울리는 놈이다.

누구도 받지 않는 초보자를 둘이나 받고, 던전 깊숙한 곳까지 살살 구슬려서 들어가도록 만들었다.

쉬는 시간이 거의 없이 강행군을 시켰으며 그로도 모자라 대량의 마수를 이끌고 공격대를 분산시켰다.

정상도 아닌데 철두철미하기까지 하다.

그래서 나는 이후 김인필이 찾아오리라고 확신하고 있었다.

그저 코어의 독점을 바란다면 이런 계획까지 세울 필요가 없으니까.

피에 굶주린 게 분명했다. 나 역시 사냥감의 범주에 넣고 있을 게 확실했다.

하여, 얌전히 기다리고 있었다.

불순한 의도로 접근하여 내게 검을 빼어 들었으니, 이는 결코 용서하지 못할 대죄.

본래라면 단박에 찾아가서 머리를 분리시켰을 것이었으나, 이지혜가 마음에 들었기에 여유를 갖기로 했다.

'덕분에 재미있는 구경을 했지.'

며칠 기다린 보상은 충분히 받았다.

"처음부터 알고 계셨습니까?"

내 짙은 미소를 본 김인필이 고개를 갸웃했다.

"시체 냄새가 진동을 하니 모를 수가 없더군."

나는 어깨를 으쓱했다.

냄새뿐만이 아니다. 딱딱한 표정과 높낮이가 이상한 목소리. 그 외에도 증거는 많았다.

이지혜가 정상이고 던전이 밝았다면 그녀도 처음부터 김수환이 시체임을 알아봤을 것이다.

"대단한 정신력이군요. 이쯤이면 구분을 못해야 정상입니다만."

김인필은 진정으로 놀랐다는 표정을 지었다.

마수가 득실대는 동굴에서 몇 날 며칠 고립되어 있다면 정신이 나가거나 몸져눕는 게 정상이다. 인간의 기준에선 내가 비정상인 게 맞다.

인간의 기준에선 말이다.

"왜, 왜 이런 짓을 한 거죠……?"

돌연 정신을 차린 이지혜가 입을 열었다. 그녀의 음성엔 당혹스러움과 경악이 가득했다.

김인필은 양팔을 활짝 펼쳤다.

"던전은 정말 멋진 곳입니다. 이곳에선 사람이 죽어도 가볍게 묻히지요. 시체조차 어지간하면 남지 않습니다. 한 번 걸린 것 같긴 합니다마는, 공인된 살인 장소란 말입니다."

각성자들이 모이는 홈페이지의 공지사항에 언급된 범인이 김인필과 윤혁수인 모양이었다.

이지혜는 기가 막힌다는 듯 코웃음을 쳤다.

"단단히 미쳤어. 단지 살인을 하려고 이런 일을 계획했단 말인가요?"

"살인만이 아닙니다."

그가 품속에서 고풍스러운 수첩 하나를 꺼냈다.

"일기를 써야 하거든요. 기록이 늘면 늘수록 스킬의 숙련도와 마력이 오릅니다. 제가 각성할 때 일기장도 이처럼 변해 버렸더군요."

각성자에겐 각자 파장이 맞는 무기가 존재한다. 김인필의 일기장은 그의 광기가 가장 많이 묻어난 물건. 과연 그런 의미에서 파장이 맞는 무기임은 틀림없었다.

일기의 내용은 안 봐도 뻔하다.

게다가 일기와 함께 각성했다면 그전에도 내용을 썼다는 이야기다.

"살인자……!"

"하하! 맞습니다. 사실 전 장의사가 아닙니다. 각성하기 전까진 편의점에서 아르바이트를 했다면 믿으시겠습니까? 대신 인천 쪽에서 나름 유명했어요. 살아 있는 사람의 눈알을, 비명을 내지르며 살려 달라고 비는 사람의 눈알을 모으는 게 제 취미거든요."

인천에서 한창 시끄럽던 일이다. '눈이 파인 시체'가 다수 발견된 것이다.

뉴스와 신문의 대미를 장식한 연쇄살인마가 이곳에 있었다.

이지혜는 아예 귀를 막아버렸다.

그러거나 말거나 김인필은 말을 이었다.

"이 친구도 마찬가지로 유명인입니다. 여자를 강간하고 목을 꺾어서 죽이는 미친놈이죠! 당연히 마음이 잘 맞아서 의기투합했고요. 추적 스킬로 여러분의 뒤를 쫓은 것도 윤혁수 이 친구입니다. 정말이지, 쫓는 내내 여러분이 죽었을까 봐 걱정이 이만저만이 아니었습니다. 으휴! 다행이에요, 다행."

이제 보니 추적 스킬을 마수를 쫓는 데 쓰는 게 아니라, 사람을 쫓는 데 쓰고 있었다.

윤혁수가 이를 드러내며 해죽였다.

이 모든 게 공격대를 짜는 순간부터 계획된 일이라는 뜻이다.

"초보자를 받은 이유가 있었군."

"그렇지요! 아니라면 초보자를 두 명이나 받겠습니까?"

"윤혁수가 사라졌을 때 애원한 것도 연기였고 말이야."

"아, 그거요? 김수환을 확실하게 끌어들이려면 마수를 조금 모아갈 필요가 있었습니다. 던전 경험이 많다는 이야기는, 자기 목숨을 미친 듯이 소중히 여긴다는 뜻이기도 하거든요. 윤혁수 이 친구가 안 돌아올 땐 얼마나 조마조마하던지! 저희도 목숨 걸고 한 계획이니 용서해 주시지요?"

"이야기는 그게 전부인가?"

"후후! 설마 저희를 이길 수 있다고 생각했다거나…… 그런 희망을 품었다면 포기하시기 바랍니다."

찌걱. 찌걱찌걱.

괴이한 소리와 함께 김수환의 목이 다시 붙었다.

이내 김수환이 자리에서 일어났다. 여전히 시체 썩는 냄새를 풍기면서.

"자! 2 대 3입니다. 하물며 한 명은 지치지도 않아요. 그쪽은 체력이 없지만 저희는 쌩쌩합니다. 그냥 얌전히 있었으면 괴롭게 죽지는 않았을 텐데요."

"쓸데없이 말이 많은 놈이군."

내게 쓸데가 있는 말을 한다면 아무리 길어도 들어줄 용의가 있다.

혹은 내게 도움이 되는 녀석이라면 농담에 어울려 줄 여유도 있다.

하지만 쓸모도 없는데 쓸데없이 말까지 많은 놈은 싫다.

그러나 당장 움직이진 않는다.

녀석은 내가 낸 시험을 통과한 이지혜의 상이다. 물론 나혼자 내고 나 혼자 통과시킨 거지만 내가 만족하였으니 상관없었다.

이지혜를 향해 시선을 돌렸다. 마침 이지혜도 나를 쳐다보고 있었다.

"네가 선택해라. 저놈들이 죽을지, 살지. 죽는다면 어떻게 죽을지. 산다면 어떻게 살아 있어야 할지."

"랜달프 씨, 그게 무슨?"

"선택해."

이지혜는 분위기가 심상치 않다는 걸 깨달았다.

아까 합격 운운할 때부터 그녀는 내 기세가 아예 달라졌음을 느끼고 있었다.

김수환의 목을 단번에 베어버리는 실력을 똑똑히 보았을 터.

그리고 어차피 그녀가 걸 수 있는 카드는 나밖에 없었다.

마지막 발악. 이지혜는 쥐어 짜내듯 말했다.

"……한 명은 죽여요. 아주 잔인하게. 한 명은 살려요. 던전을 빠져나가야 하니까."

"누가 죽고, 누가 살지?"

"모르겠어요. 어쨌든 한 명은 살려요."

"좋다. 김인필을 죽이지. 윤혁수는, 흠. 살릴 수 있도록 노력해 보마."

"부, 부탁해요. 제발."

나는 작게 실소했다. 그 부탁을 들어주는 건 내게 너무나 간단한 일이었다.

우리 둘의 대화를 듣고 김인필과 윤혁수는 뭐가 웃긴지 끅끅거렸다.

"브라보! 당신들 정말 걸작이야! 최고라고!"

김인필은 몸을 부르르 떨었다.

존댓말을 포기한 김인필이 이어 스산한 미소를 지었다.

"부가티 베이론은 내가 받아가지. 네 녀석이 몰기에는 너

무 아까운 차니까. 아, 그래도 최선을 다해야 할 거야. 그래
야 더 재밌……!"

좌륵!

눈 깜짝할 사이의 일이었다.

그의 앞에 서 있던 김수환의 몸이 일자로 갈리며 두 개로
나뉘어버린 것은.

그리고 나는 피가 튀기도 전에 김인필의 눈앞에 당도했다.

"우선 그 세 치 혀를 잘라야겠다."

추훅!

검이 그대로 김인필의 혀를 잘라냈다.

"끄으읍!"

"산 채로 눈알을 뽑는 게 재미있다지?"

내 근력은 칭호의 보너스 능력치를 합치면 무려 78포인트.
현 인간의 시점에선 상상할 수 없는 괴력을 낼 수 있다.

나는 손으로 김인필의 눈을 사정없이 후벼 팠다.

"끄어어억!"

까무러치는 고통에 김인필의 입에서 게거품이 흘렀다.

광기가 넘치는 광경. 살인에 익숙한 윤혁수도 꼼짝하지 못
하고 있었다.

남은 눈알을 마저 파낸 나는 싱겁다는 듯이 말했다.

"재미없나 보군. 하긴, 나도 그다지 좋은 기분은 아니다."

그대로 김인필이 고통에 몸부림치게 놔뒀다.

고문을 하는 취미는 없지만 이지혜는 아주 잔인하게 죽이라고 말했다.

이대로 김인필은 서서히 죽음에 가까워지며 누구보다 고통스럽게 절명할 것이었다.

아니면, 마수들에게 산 채로 먹히는 것도 괜찮을 듯싶었다.

몸이 둘로 나뉜 김수환은 사령술사인 김인필의 집중력이 흐트러지자 그대로 고꾸라졌다.

나는 손에 묻은 피를 대충 김인필의 옷에 닦은 뒤 김인필의 일기장을 강탈했다.

심안으로 살핀 결과 김인필이 갖고 있기에는 굉장히 아까운 아이템으로 판명이 되었기 때문이다.

일기장을 품 안에 넣은 후 고개를 돌렸다.

이제 남은 한 명을 처리할 시간이었다.

채엥!

내 시선이 닿기 무섭게 윤혁수가 검을 떨어뜨렸다.

이후 양손을 번쩍 들었다.

"사, 살려 주십시오."

"……시시한 녀석이군."

이 녀석은 김인필보다 싱겁다.

흥미가 싹 가셨다.

나는 김인필의 입에서 검을 뽑아, 내장기관을 피해 윤혁수의 배를 정확히 찔렀다.

"끄, 끄아악!"

윤혁수도 몸을 숙인 채 검에 찔린 부위를 움켜잡고 신음을 흘렸다.

"으으으으……."

이윽고 윤혁수는 나를 원망스러운 눈빛으로 쳐다보았다.

항복한 자신을 왜 공격하냐는 눈빛이다.

이지혜의 입장에선 기도 안 찰 노릇이지만, 인간이든 마족이든 본인에 한해선 한없이 이기적으로 변하는 법이었다. 아무리 살인자라도 자기 목숨은 아까워했다.

내가 윤혁수의 두 눈을 주시하자, 윤혁수가 급히 눈을 깔았다.

나는 목소리를 낮게 낮추곤 말했다.

"안내해라. 늦으면 출혈과다로 죽겠지만 검을 뽑지 않으면 한 시간은 살 수 있을 거다."

윤혁수에게 선택권은 없었다.

Chapter 5

번개의 여왕

저녁이 되기 전.

푸르스름한 황혼이 우리를 반겼다.

'나쁘지 않군.'

석양을 등지며, 나는 흐뭇하게 웃었다.

첫 경험치곤 상당히 버라이어티하지 않은가.

결국 입구를 나온 건 나와 세 여인뿐이었다. 그중 두 명은 기절하여 이지혜와 나에게 업혀서 나왔다.

윤혁수는…….

그는 배에 검이 꽂힌 채 꾸역꾸역 걸었다.

체력 능력치가 높은 덕에 가능한 일이었다.

하지만 입구를 바로 앞에 두고 고꾸라졌다.

그대로 잠자듯 눈을 감았다.

'대강 정리가 된 건가.'

던전을 빠져나온 직후, 두 여인은 미스릴 길드가 운영하는 숍에 양도했다. 약간의 사례금을 쥐어주자 모든 처리를 도맡아주었다.

숍 내부에는 환자를 위한 장소도 준비되어 있었다. 그곳에서 응급처치를 끝낸 후 병원으로 이송될 것이었다.

"너는 이제 어쩔 셈이지?"

멍한 표정으로 하늘을 바라보던 이지혜에게 물었다.

"열심히. 최선을 다해서 살아야죠."

"계속 공격대에 참가하겠다는 소리인가?"

그녀는 코어가 든 가죽 주머니를 흔들었다.

"몸 파는 거 빼곤, 스물다섯 처녀한테 이만한 고수입 직장은 없거든요."

어쩐지 한이 느껴지는 목소리다.

평소 돈이 궁한 생활을 영위하고 있는 것 같았다.

어쨌든 던전의 탐사를 포기할 생각은 없다는 뜻이다.

고개를 끄덕이며 재차 말했다.

"길드에 가입할 생각은?"

아무 생각 없이 이지혜가 입을 열었다.

"그야 가입하면 안전하게 벌 수 있으니 좋겠죠. 하지만 5대 길드는 심사 요건이 워낙 까다로워서 안 되더라고요. 그렇다고 듣보잡 길드에 들어갈 순 없잖아요?"

대한민국에 존재하는 다섯 개의 유명한 길드.

스타터이자 강력한 각성자를 필두로 안정적인 레이드를 할 수 있는 게 가장 큰 장점이다.

근래에는 여러 방면의 사업을 뚫고 있어서, 가입 자체만으로도 큰 메리트가 있었다.

이지혜는 다섯 개의 길드에 모두 응모를 해본 듯했다. 그리고 보란 듯이 모두 떨어졌을 것이다.

염세적인 태도가 그를 방증했다.

나는 지갑에서 명함을 꺼냈다.

"받아라."

"웬 명함이죠?"

"내 이름을 대고 정식 입단을 요청해. 받아줄 거다."

이지혜는 명함을 받아서 한가운데 적힌 글귀를 가만히 읽어보았다.

"천명회⋯⋯."

"불만인가?"

천명회는 분명히 5대 길드 중 한 곳이지만 가장 빡빡하기로 유명하기도 했다.

이지혜가 고개를 저었다.

"아뇨. 그보다, 천명회의 길드 마스터와는 무슨 관계죠?"

"알 필요 없다."

"랜달프 씨, 솔직히 말해봐요. 초보자 맞아요?"

"알아서 생각해라."

입 아프게 해명할 생각은 추호도 없었다.

여지를 주는 것으로 이지혜가 알아서 상상하기를 바랐다. 그 상상의 끝에 무엇이 있든지 간에.

이지혜는 생각에 잠겼다.

윤혁수와 김인필을 단박에 박살 내는 장면이 머릿속을 맴돌았다.

도저히 초보자의 움직이라곤 생각되지 않는 그 일련의 동작들.

"혹시, 박은택 씨도……."

이지혜가 작게 중얼거렸다.

마수들에게 몸을 던진 박은택.

그로 인해 도망갈 수 있었다.

하지만 윤혁수와 김인필을 손쉽게 제압할 실력이라면 그도 구할 수 있지 않았을까?

자력으로 던전을 빠져나가는 것도 어쩌면 가능하지 않았을까?

이지혜는 뒷말을 삼켰다.

섣부른 추측은 삼가야 한다. 어차피 벌어진 일이고 시간을 돌릴 수는 없었다. 무엇보다 눈앞의 남자는 쉽게 대할 수가 없었다.

상상은 어디까지나 상상으로.

이지혜는 머릿속을 비웠다.

'훌륭해.'

나는 그런 이지혜를 기특한 눈빛으로 바라봤다.

굳이 말을 삼킨 걸 보아 감도 좋고, 판단력도 발군이다.

잠재력이 낮은 게 흠이지만 나는 그녀를 공격대원보다 매
니저로 낙점하고 있었다.

"도저히 종잡을 수가 없는 사람이군요. 어쨌든…… 알았
어요. 연락해 볼게요."

졌다는 듯이 한숨을 내쉬며 이지혜가 말했다.

그녀에게 있어서 이건 기회였다. 5대 길드 중 한 곳에 들
어갈 수 있다면 앞길이 탄탄대로다. 거짓이라면, 그래도 손
해 볼 건 없었다.

"그런데 그 일기장은 어쩔 작정인가요?"

나는 품속에서 김인필이 남긴 일기장을 꺼냈다.

고풍스럽게 디자인된 일기장에선 마나의 향이 풍겼다.

심안을 발동시켜 상세한 정보를 확인했다.

이름 : 사령술사의 책(U)

설명 — 광기로 점칠 된 악마의 책. 지능이 낮을 경우 지니고 있
으면 광기에 전염될 가능성이 매우 높다. 실제로 있었던 사냥일지
를 적으면, 시스템의 판단에 따라 마력이 소폭 상승한다.

특수 직업 '사령술사'를 계승할 수 있다.

'이건······.'

던전 안에서 슬쩍 봤지만, 역시 놀랍다.

유니크 등급이라니?

즉, 유일무이한 아이템이라는 것이다.

아직 용사들은 레어 등급 스킬이나 아이템조차 거의 구경하지 못하는 수준이었다. 김인필과 함께 각성한 이 일기장은 그야말로 엄청났다.

왜 이런 아이템이 인간에게, 그것도 김인필에게 떨어졌는지 의아할 정도였다.

특수 직업을 계승하고, 뿐만 아니라 일지를 적는 것만으로도 능력치가 오른다.

상승폭이야 미미하겠지만 이 정도면 어지간한 유니크 아이템 뺨을 후려갈길 수준이었다.

'김인필 따위가 가지고 있기엔 아까운 물건이군.'

힘이 없는 자가 보물을 가지고 있으면 그 자체로 죄가 된다. 김인필에겐 너무나도 아까운 물건이었다.

전생에서 사령술사가 보이지 않은 것은 그런 이유에서일 것이다. 보물을 지킬 수 없었던 김인필은 죽었고 책은 사장됐을 터였다.

심안이 있지 않은 이상에야 고작 일기장이 어마어마한 가치를 가지고 있다는 걸 알 수 있을 리 없으니 '잡템' 이상으로 보이지는 않았을 것이다.

나는 일기장을 챙기기로 마음먹었다.

"내가 알아서 처리하지."

"웬만하면 불태워 버리세요. 그 물건, 저주받았을 게 분명해요."

이지혜가 몸서리를 쳤다. 일기장을 바라보는 눈빛에는 혐오감이 가득했다.

던전 안에서 겪은 일련의 일은 그녀에게도 상당한 충격이었을 터다.

볼살이 빠지고 눈이 퀭한 건 영양을 보충하면 회복할 수 있지만 정신적인 타격은 시간이 필요하다.

어깨를 축 늘어뜨린 이지혜가 나를 바라보며 말했다.

"저는 가 볼게요. 정체불명의 초보자 씨, 명함이 진짜면 천명회에서 볼 수 있겠죠?"

"그럴 거다."

"아, 빨리 집에 가서 씻고 자고…… 병원에도 가 봐야겠네요. 고생하세요."

"힘들면 태워다 줄 수도 있다만."

"됐어요. 그다지 남에게 보일 수 있는 집도 아니고. 택시 타고 가는 게 편해요."

힘없이 웃어 보인 이지혜가 털레털레 산을 내려가기 시작했다.

아마도 다음번에 보는 건 천명회 길드 하우스에서일 것

이다.

나는 잠시 등을 돌려 던전 방향에 시선을 줬다.

'그러고 보니 이히를 못 만났군.'

내가 던전에 들어온 것조차 깨닫지 못할 정도로 바쁘다는 방증일 터였다.

이히는 던전 코어의 정령.

던전에 관한 대소사를 해결하며 삭막하기 그지없는 던전 안에 생명을 틔우는 일을 한다.

각 층의 특성에 맞춰 풀이나 꽃 따위를 옮기거나 호수를 만드는 것도 이히만이 가능한 일이었다.

'한창 바쁠 때긴 하지.'

지금은 한창 던전의 기틀을 세우는 일로 눈코 뜰 새 없이 바쁠 게 틀림없었다.

내가 적당히 포인트를 사용할 권한을 넘겼으니, 2층에서 4층까지 새롭게 조성된 층을 돌아다니며 필요한 것을 만들어 내고 있을 것이었다.

'2층부터는 레어 등급의 무구도 얻을 수 있도록 조치를 취해 놨으니…….'

이 일 역시 이히에게 일임했다. 용사의 탐험 정신을 일깨울 수 있게 아주 교묘한 장소에다가 숨겨놓기를 당부하였다.

지금쯤 착착 진행돼 가고 있으리라 믿었다.

'나도 돌아가야겠군.'

양복이 많이 해져 있었다. 나조차도 던전에서의 생활이 이리 길어지리라곤 생각하지 못했다.

나는 목을 몇 차례 꺾은 후, 가볍게 발걸음을 옮겼다.

대한민국이 시끄러워졌다.

던전이 나타나고 9개월.

최초로 던전의 1층을 돌파하여 2층에 다다른 길드가 나타났기 때문이다.

천명회.

스타터인 길드 마스터 김용우가 만든 길드의, 그 이름 세 글자가 지금 각종 영상 매체와 인쇄 매체에 도배되다시피 나오고 있었다.

공영 방송 채널 QBS에서 막대한 자금을 들여 김용우의 단독 인터뷰를 따냈다.

유명 아나운서가 나와서 인터뷰를 진행했으며 그 시간은 고작 10분가량이었지만 대한민국에 폭발적인 센세이션을 일으켰다.

인터뷰의 내용은 다음과 같았다.

―천명회와 그곳의 길드 마스터인 김용우 씨에 대하여 궁

금해하는 사람이 많은데요. 짧게 자기소개 부탁드립니다.

"만나서 반갑습니다. 천명회 길드 마스터 자리를 맡고 있는 김용우입니다. 천명회는 아시다시피 소수의 각성자가 모인 모임이고요. 나이는 스물여덟. 독신입니다."

—답변 감사합니다. 그러면 빠르게 다음 질문으로 넘어갈게요. 던전과 각성자는 올해 가장 뜨거운 감자! 이에 대해 김용우 씨는 어떤 생각을 가지고 계십니까?

"던전은 분명히 위험한 곳입니다. 필리핀과 중국은 몬스터 웨이브로 상당한 피해를 입었죠. 하지만 각성자가 존재하는 한 마수들은 함부로 날뛸 수 없을 겁니다. 실제로 상태창을 보면 우리 직업 앞에 용사라는 단어가 적혀 있는데, 던전으로부터 사람들을 지키며, 던전의 꼭대기에 존재하는 마왕을 없애는 게 우리의 역할이라 생각합니다."

—마왕이라니요? 뿔 두 개 달린 그런 악마를 말하는 건가요?

"하하. 다들 상상만 하고 있는 겁니다. 실제로 뭐가 있을지는 아무도 몰라요. 진짜 신이 있을 수도 있고, 외계인이 있을 수도 있고, 지저세계의 인간들이 있을 수도 있습니다."

—도저히 상상이 안 가네요. 자, 다음 질문입니다. 최근 각성자가 연예계에 모습을 보이는 등 인기가 하늘 높게 치솟고 있습니다. 이에 대해선 어떻게 보시는지요?

"좋은 현상입니다. 각성자도 같은 사람이니까요. 어느 날

갑자기 변화를 겪었지만 힘만 조금 세졌다 뿐이지 감정이 있고 이성이 있습니다. 차별하지 않고 봐 줬으면 좋겠네요."

―잘 알았습니다. 드디어 본론입니다. 12인으로 1층 공략에 성공했다는데요?

"그 12인은 우리 길드 최고의 정예들이고, 사실 1층의 공략 자체는 어려운 편이 아닙니다. 그보다는 길 찾는 게 더 어렵더군요. 2층으로 향하는 길을 찾는 데 꼬박 일주일이 걸렸습니다."

―대단합니다. 던전 안의 마수들은 저도 영상으로 봐서 얼마나 무서운지 조금은 알거든요. 끔찍하게 생긴 것으로도 모자라서 잔인하기까지 한 마수들을 쉽사리 사냥한다는 게 믿겨지지 않습니다. 혹시 1층과 2층의 다른 점이 있나요?

"일단 오크가 출현합니다. 크기는 제 몸집의 1.5배 약간 못 미치고, 돼지 코가 특징이죠. 근육이 두껍고 가죽이 질겨서 여러 번 죽을 뻔했습니다. 그 외에는, 곳곳에 보물이 숨겨져 있습니다. 500m 거리를 한 번 도약할 수 있는 마법 스크롤, 크기의 열 배에 달하는 물건이 들어가는 가죽 주머니, 코어를 갈아서 만든 것보다 열 배 이상 효과가 뛰어난 진짜 포션, 레어 등급의 검……. 2층에는 그 모든 게 있습니다."

―와! 설명만 들어도 눈이 휘둥그레지네요! 2층은 보물 창고란 말인가요?

"그리 봐도 무방합니다. 하지만 조심해야죠. 농담이 아니라 오크는 정말 무섭습니다. 다시 마주치기가 겁날 정도로요. 저 혼자 만난다면 꽁무니가 빠지게 도망칠 겁니다."

─정말 그렇다면 꿈에서라도 보기 싫은 마수 같습니다. 천명회 길드의 길드 마스터 김용우 씨, 마지막으로 남기고 싶은 말씀 부탁드릴게요.

"어느 날 갑자기 각성자가 되었대도 당황하지 마십시오. 그것을 축복으로 여기면 좋겠습니다. 그리고 축복의 기회는 여러분 모두에게 있습니다. 더불어서, 우리는 인류를 수호하며, 인류의 발전을 위해 이바지할 것입니다. 던전은 아주 위험한 장소이지만 인류가 한발 더 내딛을 수 있는 지식의 총체라고 보기에 저는 오늘도, 내일도, 제 한목숨 다하기 전까지 던전에 발을 들일 생각입니다. 이상입니다."

인터뷰가 끝난 뒤 영상은 유튜브에 올라가 세계로 퍼졌다. 단지 그것만으로 3억 뷰를 달성했고, 외국의 뉴스 매체들은 연이어 인터뷰에 자막을 입혀 방영하기도 했다.

던전에서 보물을 발견한 건 대한민국이 최초였으니 당연히 열광할 수밖에 없었다.

이 일로 인해 대한민국에 각성자에 대한 인식이 더욱 또렷이 박혔다. 스포츠 업계를 제외한 대부분이 매우 호의적인 시선을 보냈다.

용사. 인류의 수호자.

두 단어가 주는 파급력은 상상을 초월하였다.

그들이 구한 코어를 이용해 몇몇 불치병 환자가 회복된 사례를 보여주며 각성자는 선한 이미지를 얻는 것에 성공했다.

거기다가 실제 코어를 활용한 기기들이 하나둘 나오는 추세였고, 그 값어치에 대한 열띤 토론이 벌어지며 각성자의 중요성이 부각됐다.

뿐만 아니라 외국의 유명 각성자들이 대한민국으로 모여드는 중이었다.

유일하게 보물이 출토된 대한민국의 던전은 그들로서도 마음이 동할 수밖에 없었던 것이다.

세계의 관심을 한 몸에 받게 된 한국!

그 중심에는 천명회가 있었다.

그리고 그 뒤에는…… 랜달프 브리쉬엘이란 이름의 한 남자가 있었다.

천명회의 길드 하우스에 묘한 분위기가 흘렀다. 총 마흔다섯 명의 길드원이 입구에 나타난 한 남자를 우두커니 바라보고 있었다.

잠시간의 적막. 침 삼키는 소리조차 죽었다.

전원의 얼굴에 긴장감이 떠올랐다.

1초가 영원처럼 느껴질 때.

남자가 움직였다.

사람들의 시선에도 아랑곳 않고 남자는 주변을 둘러보다가, 길드 마스터가 기거하는 방의 문을 열어 거리낌 없이 들어갔다.

　그럼에도 한동안 적막은 깨지지 않았다.

　한참이 지난 후에야 그들은 겨우 정신을 차릴 수 있었다.

　"제 집이지, 제 집이야."

　"길마도 꼼짝 못한다던데. 정체가 뭐야?"

　"누구는 뼈 빠지게 레이드 뛰어도 말단 길원. 누구는 낙하산…… 더러운 대한민국."

　조금씩 불만의 소리가 흘러나왔다. 그들 대부분은 길드에 들어온 지 얼마 되지 않은 이들이었다.

　정식 레이드는 꿈도 못 꾸고, 실적을 쌓아 올라가기에는 너무 멀리 있는 길드원들.

　"선배님, 정말 저 남자가 그리 실력이 좋습니까?"

　결국 참지 못한 신입 길드원 하나가 무기를 갈고 있던 근육질의 남자에게 물었다.

　그는 이번에 1층을 공략한 12명의 공대원이었고 천명회의 원로 중 한 명이었다.

　"몇 번이나 말했잖아. 오크를 때려잡은 게 저 사람이라고. 그가 아니었으면 우린 전멸했을 거다."

　"믿기지가 않아서 말입니다. 생긴 건 희멀겋게 생겨가지구……."

근육질 남자가 인상을 찌푸렸다.

"장담하는데, 여기 있는 놈들 중에 오크를 일대일로 이길 수 있는 사람은 없어. 저 사람은 그걸 해냈단 말이다. 나타난 다섯 마리 중에 무려 두 마리를 혼자 맡았지."

"선배님도 오크를 이길 수 없다는 말입니까?"

"판타지 소설에 나오는 그런 허접쓰레기, 주인공 경험치 셔틀 오크가 아니다. 코볼트나 고블린 따위는 상대도 안 돼. 열 번 싸우면 여덟 번은 내가 질 거야."

듣던 이들 모두가 믿기지 않는다는 눈초리였다.

근육질 남자는 길드 내에서도 다섯 손가락 안에 꼽히는 초강자.

그런 이가 열 번 중 겨우 두 번 이길 수 있다고 한다.

하지만 오크가 그만큼 강하다고 하더라도 여전히 납득이 가지 않았다.

이번 1층 공략은 모든 길드원이 참가하고 싶어 했다. 말단부터 상위 길드원 모두가 은근히 기대하며 결과를 기다리고 있었다.

그런데 그중 한 자리에 여태껏 한 번도 공격대에 참가한 적이 없던 남자가 끼었다.

화합은커녕 매번 혼자 다녔으며 길드 회의에조차 참가하지 않던 이가 이때다 하고 나타났으니, 그들로서도 신경이 긁힐 수밖에 없었다.

물론 남자는 길드 내에서도 유명했다.

길드 마스터가 부가티 베이론을 선물할 만큼 신임하고 있다는 것도 잘 알았다.

안하무인의 끝을 달리는 말투는 듣다 보면 왜인지 너무나 당연하게 느껴지는 위엄이 있었고, 행동거지 하나하나에 강렬한 기세가 담겨 있어 남자를 보면 거인(巨人)을 앞에 둔 듯 숨이 막히지만, 배가 아픈 건 아픈 것이다.

아무리 실력이 좋아도 정작 말단 단원들은 본 적이 없었다. 이번 레이드에 참가한 11인만이 남자의 실력을 알았다.

그리고 그들은 하나같이 '뛰어나다', '강하다'는 말만 되풀이할 따름이었다.

오크도 본 적 없으니 어떻게 비교를 할 수가 없었다. 불만은 당연했다.

"실력은 둘째 쳐요. 길드 내에서 개인 공격대를 만들고 있다면서요? 매니저도 두고, 화장실 청소하던 여자 신입도 데려갔던데……. 공격대라기보단, 그냥 꽃밭을 만들려는 게 아닌가 싶습니다."

문제는 또 있었다.

길드는 필요에 따라 최적의 인원을 차출해 공격대를 짜는 게 의례적인 일이다.

한데 남자는 길드 내부에 고정 멤버를 두고 독자적인 공격대를 만드는 중이었다.

단순히 공격대만 만들면 소란이 일지도 않는다.

이게 무슨 삼권분립도 아닐진대 길드의 영향을 받지 않는 공격대라니.

그곳에 속하면 길드원이되 길드원이 아니게 된다.

그들은 길드 마스터의 명령도 거부할 수 있으며, 오로지 공격대장의 지시에만 움직이는 것이다.

멤버도 잡음이 많았다.

외부에서 데려온 이지혜 매니저, 그리고 통과의례 중이었던 신입 여자애를 데려가 버렸다.

길드 신입은 한 달간 궂은일을 도맡아 해야 하는데, 그걸 무시하며 떨어지는 과일을 낚아채듯이 공격대에 편입시켰다.

남자의 그런 행동은 길드의 전통을 무시하는 처사였다.

이를 두고 공격대가 아니라 꽃밭을 만드는 거 아니냐는 이야기가 여기저기서 튀어나왔다.

그리고 소란이 일게 된 원인은 결정적으로…… 둘 다 미인이었던 탓이다.

근육질의 남자는 무기 손질을 멈춘 채 짧게 혀를 찼다.

"길마께서 승인하신 거잖아. 한낱 길드원인 우리가 이래라 저래라 할 게 아니야."

"길마의 생각을 도통 모르겠어서 그러죠."

"길드로서는 나쁜 일이 아닐지도 몰라. 그는 확실히 실력이 있어. 레어 등급의 스킬을 가지고 있다니까, 투자할 가치가 있을 테지. 나는 길마께서 멀리 내다본 결과라고 믿는다."

"선배까지 그렇게 말씀하시면 할 말이 없군요. 에효!"

말단 길드원이 한숨을 내쉬자 남자가 어깨를 으쓱했다.

"좋게 생각해. 던전 1층을 공략함으로써 우리 길드는 명실공히 대한민국 넘버원이 됐다. 그 특혜를 너희들이 받을 거야. 듣기로는 던전이 나타나고 8개월가량이 지난 시점에서부터 규격 외가 사라졌다 하니, 너희들이 날뛸 기회는 많다고. 병아리 새끼들도 아니고 뭐 그리 조급해해?"

규격 외.

던전 1층에 존재하는 극소수의 괴물.

그들이 사라졌다는 정보가 곳곳에서 들어오고 있었다.

신뢰성은 99.9%. 믿어도 좋은 소식이었다.

"정말 저희에게 기회가 올까요?"

모든 길드원이 길드 2층의 탐색을 희망하고 있었다. 그런 기회가 좀처럼 쉽게 오리란 생각은 들지 않은 것이다.

이번 공격대에 참가한 인원은 전부 어마어마한 보상을 받았다. 2층에서 발견한 각종 보물과 최초로 1층을 격파했다는 로열티는 상상을 초월할 수준이었다.

근육질의 남자가 미소를 지었다.

"조만간 12인 공격대 3개를 짜서 2층을 탐사할 작정이다. 원래는 일주일 뒤에 공지할 예정이었는데 내 권한으로 이 정도 이야기는 해줘도 괜찮겠지."

"헉! 정말입니까?"

12인 공격대 3개면 36명이 동원되는 작전이다.

이야기를 아는 이를 제외한 모두의 눈이 달덩이처럼 커졌다.

그러자 근육질 남자가 고개를 돌려 가만히 이야기를 듣고 있던 길드원 전원에게 말했다.

"그러니까 실력을 키워. 이건 너희 전부에게 하는 말이야. 인생은 실전이다. 한 번 잘못되면 바로 끝장이라고. 살아서 공적을 쌓으려면 지금 실력으론 어림도 없어."

"아……."

"그런 의미에서 10일간 던전에 머무르며 특훈을 할 생각인데, 참가할 사람 있나?"

번쩍!

마치 번개처럼 길드원들이 손을 들기 시작했다.

"저요!"

"꼭 하고 싶습니다, 특훈!"

이에 근육질 남자는 눈을 빛냈다.

"지옥행 급행열차야. 함부로 타지 마라. 차라리 죽는 게 좋다고 생각할 만큼 굴릴 거니까. 그런데도 갈 거냐?"

찬물을 끼얹은 것처럼 삽시간에 조용해졌다.

지옥 훈련. 그는 진짜 지옥을 보여줄 작정이었다.

"갈 사람만 따라와라."

근육질 남자가 무기를 들고 일어났다.

그는 이번 공격대에 참가한 12인 중 한 명이었고, 랜달프 브뤼시엘이라는 이가 싸우는 모습을 가장 가까이에서 지켜봤다.

앞으로는 그런 강자만이 살아갈 수 있으리란 확신이 들었다.

미적지근하게 움직이면 도태된다.

던전은 2층, 3층, 계속 이어질 것이다. 지금 상태로는 도저히 가망이 없다.

'내 실력에 안주하고 있었어. 고작 몇 개월이나 지났다고…….'

강자의 표본이 없기에 나태해져 있었다.

하지만 같은 길드 내에, 따라가고 싶은 강자가 생겼다.

벽이 되어주는 이가 나타났다.

그는 그 벽을 넘어서리라 다짐했다.

'후후!'

근육질의 남자, 김태환.

그는 한번 마음먹으면 지옥 불에도 웃으며 뛰어드는 남자였다.

"바깥이 꽤 소란스럽군."

밀폐된 방에서 김용우와 이야기를 나누던 도중 갑작스럽게 바깥이 소란스러워지자 내가 말했다.

새롭게 창설될 공격대의 기획안을 읽던 김용우가 털털하게 웃었다.

"여러 가지로 시끄러울 시기 아닙니까. 랜달프 님 덕분에 1층도 완벽하게 공략했으니 축제를 벌여도 이상하지 않습니다. 그간은 시간이 안 나서 못했습니다만……."

"축제라."

마계에는 축제가 없다. 전쟁터에서 승리하여 전리품을 나눠 받을 때 그 비슷한 분위기를 풍기긴 했지만 함께 즐긴다는 개념 자체가 희박했다.

그런 의미에서 인간의 축제는 매우 떠들썩한 편이었다.

"관심 있으십니까? 사실 조만간 홀 하나를 빌려서 크게 열 생각이긴 했습니다. 꽤 재미가 있을 겁니다."

김용우는 짠돌이지만, 반드시 써야 할 때는 쓰는 편이었다. 안 그러면 길드 마스터 자리를 해나갈 수 있을 리가 없었다.

나는 고개를 저었다.

"됐다. 그보다 기획안에 문제가 없는지나 확인해라."

대충 슥 한 번 훑더니 김용우는 고개를 저었다.

"어차피 형식적인 거 아닙니까?"

"그래도 일처리는 똑바로 하는 게 좋다."

"흠…… 딱히 기획안 자체도 문제될 건 없습니다. 독립된 공격대, 대원 선출 권한, 던전 공략에만 중점을 둔 운영, 이미 전에 다 나눴던 이야기니까요."

정식으로 서류를 제출한 건 이번이 처음이지만, 내가 만들 공격대에 관한 이야기는 길드 내에 이미 파다하게 퍼진 상태였다.

길드 내의 이슈 메이커가 나였으니 퍼지는 속도가 상상을 초월했다.

김용우는 기획안의 한곳을 바라보며 중얼거렸다.

"한데 공격대 이름이 '데빌헌터'……. 어쩐지 흑염룡이 날뛸 거 같은 이름이군요."

데빌헌터. 줄여서 D.H가 공격대의 이름이었다.

나를 제외한 모든 던전과 마족을 깡그리 밀어버리는 게 목표인 만큼, 이름에 목적의식을 담은 것이다.

"바꿀 생각 없다."

"물론 멋있다고 생각합니다. 이제 도장 찍어드리면 됩니까?"

번갯불에 콩 볶아먹듯 태도를 바꾼 김용우가 말했다.

내가 고개를 끄덕이자 김용우는 즉시 기획안에 통과 도장을 찍었다.

데빌헌터 공격대가 발족하는 순간이었다.

"공격대원은 언제 다 채우실 생각이십니까? 한 명은 매니저고, 한 명은 신입. 매우 힘든 길을 걷고 있다고 여겨집니다. 그러지 말고 인증된 실력자를 영입하는 편이 도움이 되지 않을는지요?"

지금 당장은 실력자일지 몰라도 미래를 내다보면 전혀 아니올시다였다.

나는 지상 최강의 공격대를 만들 작정이었고, 그에 적합한 인물을 이제 겨우 한 명 찾았을 따름이다.

"내 방식으론 시간이 조금 걸리기는 하겠지. 하지만 최강의 공격대가 되리라고 확신한다. 길드 마스터의 입장에서도 나쁜 일은 아닐 거다."

확실히 강한 길드원이 많아서 나쁠 건 없었다.

김용우는 기획안을 내게 넘겼다.

"마음대로 하십시오. 저는 랜달프 님의 충실한 종입니다. 주인님께서 하신다면 따르는 게 제 일이지요."

"한 번 구해준 것치곤 광적이군."

정말로 의외였다. 나는 던전 안을 방황하는 김용우를 한 번 도와줬을 뿐이었다. 무럭무럭 커서 포인트가 되기를 바라는 마음으로 말이다.

그러자 김용우가 씩 웃었다.

"공부도, 사회 경험도 일천한 제가 유일하게 잘하는 게 기회를 잡는 겁니다. 주인님 덕분에 던전 1층도 공략하지 않았습니까? 이번에도 제 선택이 틀리다고 생각하진 않습니다."

김용우.

그는 자신이 코끼리인 줄 알았다.

하지만 개미임을 깨닫고 몸을 낮췄다.

대신 코끼리의 가장 옆에 서기를 자처했다.

그것이 그가 사는 비결이었다. 이런 눈치가 없었다면 대한민국 5대 길드 중 한 곳의 수장이 될 수도 없었을 것이었다.

나는 기획안을 되받으며 고저 없이 말했다.

"나를 섬기는 척 내 뒤를 찌르지만 않는다면, 나는 너를 도와줄 것이다. 언제든 옳은 선택을 하길 바라마."

"어우! 농담으로라도 그런 말씀 하지 마십시오."

김용우가 격하게 양손을 흔들었다.

"농담인지 아닌지는 너 자신이 알겠지."

딱히 그가 배신할 거 같지는 않았지만 만약을 대비해 충고했다.

적당히 겁을 줬다고 해야 할 것이다.

나는 몸을 돌렸다.

기획안에 무사히 도장이 찍혔으니 이제 공격대원을 만나러 갈 차례였다.

"축제에는 참가하실 겁니까?"

방문을 열기 전, 김용우가 물었다.

"때를 봐서 결정하겠다."

"그럼 일정이 정해지는 즉시 공문을 보내드리겠습니다."

"고맙군."

"당연한 일입니다."

자신의 충정을 의심치 말아 달라는 듯, 김용우는 강렬한 눈빛을 보냈다.

그를 무시한 채 나는 방의 문을 열었다.

'이번에는 웬만하면 참가해야겠어.'

인간들의 축제에 그다지 흥미는 없지만 참가하지 않는다면 길드 내에서 불협화음이 커질 건 자명하다.

신경 쓰지 않는다곤 해도, 관계를 원만하게 만들 필요는 있었다.

어찌 됐든 천명회의 길드원이라는 건 다르지 않으니 최소한의 활동 정도는 해줘야 했다.

나는 늦게 깨닫는 경우는 있어도 융통성이 없는 편은 아니었다.

'조금씩 기틀이 갖춰져 가고 있다.'

독자적인 세력의 공격대 창설!

대원은 전부 모으지 못했지만 가장 급한 일을 해결한 셈이다.

이번에 새롭게 들인, 전생에서 '번개의 여왕'으로 유명했던 여인을 떠올리며 나는 흐뭇한 미소를 지어 보였다.

길드 하우스 3층의 가장 넓은 홀.

그곳이 바로 데빌헌터 공격대에게 주어진 공간이었다.

고작 3명이 사용하기엔 지나치게 넓은 곳이지만 앞으로 한 명씩 채워 나갈 예정이었고, 최종적으로 보자면 오히려 좁은 감이 있었다.

가구를 들이지 않아 텅 빈 홀에 들어온 나는 안에서 느껴지는 묘한 긴장감에 고개를 갸웃했다.

이번에 매니저로 들어온 물의 마법사 이지혜와 이번에 새롭게 영입한 신입 유은혜가 침을 꿀꺽 삼키며 대치 중이었다.

잔뜩 굳은 표정을 보아하니 무슨 일이 생긴 모양이었다.

나는 천천히 입을 열었다.

"무슨 일이지?"

그제야 내 존재를 확인한 이지혜가 말했다.

"공대장님, 쟤 좀 어떻게 해주세요."

"언니, 실수였다니까요? 저도 어쩔 수 없었어요."

"너는 실수로 사람을 죽이니?"

"미안해요. 그래도 안 죽었잖아요!"

참으로 의미심장한 대화다.

이지혜는 뿔이 잔뜩 났고 유은혜는 억울한 듯했다.

나는 둘의 모습을 살펴보다가 고개를 끄덕였다.

이지혜의 머리카락에서 살짝 타는 냄새가 났는데, 그 이유가 짐작이 갔기 때문이다.

'유은혜의 패시브 때문이로군.'

전생에서 번개의 여왕이라 불리었던 유은혜.

학생이라 봐도 무방할 정도로 어려 보이는 외모, 보브컷을 완벽하게 소화하는 깜찍함과 살짝 처져 장난기 넘쳐 보이는 눈매가 인상적인 여인이었지만, 그녀는 지금 모종의 패시브로 고생을 하는 중이었다.

나는 심안을 발동시켜 유은혜의 상태창을 살폈다.

이름 : 유은혜

직업 : 용사(번개의 마법사)

칭호 :

　*번개를 열 번 맞은(R, 마력+4)

능력치 :

　힘 20

　지능 44

　민첩 15

　체력 14

　마력 45(+4)

　잠재력 (138/423)

특이사항 : 번개 정령의 가호를 받고 있습니다. 수없이 번개를 맞
　　　　　은 탓에 임맥(任脈)과 독맥(督脈), 생사현관(生死玄關)이
　　　　　강제 타통된 상태입니다.

스킬 : 라이트닝 볼트(N), 전류(N, Passive)

참으로 괴이쩍은 상태창이었다.

잠재력은 발군이다. 이만한 잠재력의 소유자를 나는 아직까지 본 적이 없었다.

그나마 단비 길드의 길드 마스터인 아린이 견줄 만했지만 그보다도 뛰어났다.

문제는 특이사항. 번개 정령의 가호를 받았다는 부분이었다.

아무래도 번개 정령의 가호 탓인지 몸 자체가 피뢰침 역할을 했다.

번개가 쳤다 하면 직격으로 얻어맞는 것이다. 그로 인해 호칭마저 생겼다.

고생은 조금 했겠지만 뭐, 나쁘지 않다. 임맥과 독맥이 뚫려서 몸 안에 노폐물도 없었다.

감히 누구도 갖지 못한 재능의 소유자라 칭할 수준이지만······.

'저 전류라는 패시브가 문제로군.'

번개의 기운이 갈 곳을 잃고 몸 안을 방황하는 중이었다.

자신도 모르게 기운을 사방에 흩뿌리고 다녔다. 이지혜의 머리카락이 탄 것도 그 때문이리라.

"가까이 오지 마. 한 발자국만 더 오면 확!"

이지혜가 경고했다. 머리카락을 태운 원수를 지척에 둔 채 공격하지 않는 것만으로도 극한의 인내심을 필요로 했다.

유은혜는 울상을 지었다.

"언니 머릿결이 너무 아름다워서 저도 모르게 만졌어요. 그런데 하필이면 그때 패시브가 발동한 거고요. 언니, 우리 같은 혜자 돌림이잖아요. 네? 다시는 안 그럴게요."

이지혜, 유은혜.

둘 다 혜로 끝나는 이름이긴 했다.

이에 실수 한 번쯤은 눈감아주는 사람도 있을 것이다.

하지만 이지혜는 용서해 줄 생각이 없었다.

"너 같은 동생 둔 적 없어. 세상에 언니 머리를 홀라당 태워먹는 동생이 어디 있니?"

"찾아보면 있지 않을까요? 아니, 농담이에요. 그렇게 정색하지 마세요. 가끔 던지는 제 농담이 재미없다는 거는 저도 알고 있으니까요. 미안해요, 언니!"

"너⋯⋯."

"그만."

내가 나지막하게 말했다.

슬슬 교통정리를 할 필요가 있을 것 같아서 제지한 것이다.

"감정 소모하라고 둘을 내 공격대에 편입시킨 게 아니다."

이지혜가 타서 구불구불해진 머리카락을 애처롭게 바라보며 입술을 쭉 내밀었다.

"그치만……."

"그만하라 했을 텐데."

나는 단호하게 말했다.

데빌헌터 공격대가 정식으로 발족된 만큼 기강을 잡을 필요가 있었다.

나는 이 공격대의 장이었고 이지혜와 유은혜는 그곳에 속한 단원일 뿐이었다.

분위기가 무거워지자 이지혜가 입을 꾹 닫았다.

"너는 데빌헌터 공격대의 하나뿐인 매니저다. 단원들의 상태를 체크하고 앞으로의 일정을 짜는 등 대내적, 대외적인 일을 도맡는 게 너란 말이다. 시작부터 나를 실망시키려 하지 마라."

"죄송해요."

이지혜가 고개를 푹 숙였다.

처음에는 어리둥절했지만 천명회에 들어오고 그녀는 깨달은 바가 많았다.

눈앞의 남자는 이곳의 길드 마스터조차 어려워하는 사람이며 확실하게 무언가가 있는 존재라는 것!

예의가 있다고는 할 수 없지만 대신 압도적인 카리스마가 있었다.

남자가 말을 하면, 이상하게 거부감이 들지 않았다. 반드시 해야만 한다는 느낌을 준다.

처음으로 만나본 타입의 남자였다.

그런 이가 자신에게 매니저라는 중책을 맡겼다.

시작부터 실망시킬 순 없는 노릇이다.

'한 번 말했으면 충분하겠지.'

너무 강하게 잡으면 벗어나려는 게 인간이었다. 그리고 이지혜는 현명한 여인이었다.

두 번은 필요 없을 것이다. 나는 이쯤에서 타박을 그만두기로 결정했다.

이후 품속에서 작은 약병 하나를 꺼내 이지혜에게 던졌다.

"받아라. 머리카락이 문제라면 이게 해결해 줄 거다."

이지혜가 약병을 받아 들고 눈을 깜빡였다.

"이게 뭐죠?"

"던전에서 얻은 포션이다. 코어를 갈아 넣은 것보다 훨씬 효과가 좋지."

"아……."

이지혜는 한 방 얻어맞은 표정이었다. 단순히 코어를 갈아 넣은 포션으로는 죽은 세포까지 살릴 순 없었다.

그러나 던전에서 구한 보물 중 하나라면 이야기가 다르다. 이지혜가 기겁하며 어깨를 들썩였다.

"이, 이건 받을 수 없어요. 던전에서 나온 거라면 엄청난 보물일 텐데……."

"받을 수 없다면 버려라."

"예?"

"버리라고 했다. 어차피 내겐 필요 없는 물건이니."

저딴 하급 포션에 의지할 정도로 내 몸은 약하지 않다.

어지간한 공격에 상처를 입을 리도 없거니와 내 몸을 치료하려면 상급 포션이 필요했다.

이지혜는 정말 감격한 듯 살짝 눈물이 어린 시선을 내게 보냈다.

"고, 고마워요. 소중히 쓸게요."

나는 내심 고개를 저었다.

그깟 머리카락이 뭐기에 조금 탔다고 저리 난리인지 모르겠다.

하지만 여자에게 있어서 머리카락은 그 정도로 중요했다.

특히 찰랑찰랑한 긴 생머리를 유지하는 여인일수록 그 상태를 유지하는 데 어마어마한 노력을 쏟아붓게 마련이었다.

목숨 다음으로, 어쩌면 목숨보다 중요한 게 머리카락이다. 이지혜의 태도는 매우 당연한 것이었다.

"저, 공대장님?"

가만히 이 광경을 쳐다보던 유은혜가 말했다.

"......?"

"저는 여기서 뭘 하면 되나요? 청소? 빨래?"

"그런 걸 네가 왜 한다는 거지?"

"그야, 헤헤. 신입은 다 그런 거 아니에요?"

"할 필요 없다. 그런 건 따로 사람을 쓰면 돼."

중요한 전력을 번외로 돌릴 생각은 없었다.

유은혜는 청소를 안 해도 좋다는 내 말에 의아한 듯이 물었다.

"그러면 뭘 하면 좋죠? 아! 어깨 주물러 드릴까요? 제가 손맛이 기가 막혀요. 한번 맛보시면 중독되실걸요?"

그러다가 패시브가 발동되면 참사가 벌어질 것이다.

순전히 호의에서 비롯된 말이겠지만 유은혜는 아무래도 '이히과'에 속한 듯싶었다.

정작 이히가 들으면 화를 낼 수도 있겠다는 생각이 불현듯 들었지만, 둘 다 도긴개긴이었다.

"뭔가 착각하고 있는 모양이군. 그따위 잡일을 맡기려고 이곳에 널 데려온 줄 알았나?"

시무룩해진 유은혜가 그간 궁금했던 사항을 입에 담았다.

"솔직히 잘 모르겠어요. 제 별명이 뭔 줄 아세요? 인간 피뢰침이에요. 이래 보여도 번개 맞은 횟수로는 기네스감이거든요. 그것도 부족해서 몸에선 찌릿찌릿 전기도 흘러요. 주변에 민폐만 끼치는 제 어디가 예뻐서 데려오셨나요? 물론 제 얼굴이 예쁘다는 거야 저도 알지만, 공대장님은 그런 이유로 절 데려온 것 같지 않아서 계속 궁금했어요."

유은혜는 잡일을 도맡아 하다가 갑자기 데빌헌터 공격대에 포함되었다.

그게 3일 전이었다. 3일간 어째서 자신을 데려왔는지 유은혜는 계속 고민했다.

"스스로에게 자신이 없나 보군."

"말하자면, 그래요. 가끔 얼굴 빼곤 별 볼 일 없는 여자 아닌가 하는 생각도 들어요."

"너는 훌륭하다. 나는 너에게 큰 기대를 걸고 있다."

"기대를요……?"

"그래. 천명회의 모든 이 중에 네가 제일 뛰어나니까."

"헤헤. 비행기 그만 태우세요. 기분은 좋네요. 이런 식으로 기대를 받는 건 처음인데. 그래도 죄송해요. 아마 실망하실 거예요."

유은혜가 간드러지게 웃었다.

어려서부터 머리가 나빴던 그녀는 누군가에게 기대를 받아본 적 자체가 없었다.

겁도 많고 자격지심도 가지고 있어서, 얼굴 빼면 별거 없다는 말을 숱하게 들어왔다.

잊을 만하면 번개를 맞아 무당을 찾아간 적이 있는데, 무당은 '전생에 업이 많아 천벌을 받는 것입니다. 덕을 쌓으십시오' 하며 막대한 복채를 요구하기도 했다.

그래서 가족과 친척들조차 자신을 부담스러워하는 기색이었다.

각성자가 되었을 때 유은혜는 기뻐했다. 드디어 재능이라

할 만한 게 생긴 것이다.

하지만 몸에서 흐르는 전류 패시브에 그녀는 다시 절망하고 말았다.

'심각하군.'

유은혜가 쓸모없는 이라면, 절대다수의 인간은 쓰레기보다 못하다는 뜻이 된다.

아직 꽃을 개화하지 못해서 그럴 수도 있겠지만 이 정신머리는 바로잡을 필요가 있어 보였다.

'굴려야겠어.

생각이 많아서 드는 자기 비하다.

몸을 굴리면 자연스럽게 사라지는 현상이었다.

게다가 유은혜는 마법사의 자질도, 전사의 자질도 가지고 있었다.

지금은 지능과 마력에 모든 능력치가 쏠려 있지만 훈련하기에 따라서 강인한 전사가 될 수도 있었다.

생사현관의 타통!

전생에서 스스로를 무인이라 칭하던 몇몇 강자를 상대하다가 알게 된 지식이다.

그게 얼마나 대단한 것인지도 몸소 체험하지 않았던가.

그런 재능을 썩히는 건 아깝다. 전생에서의 유은혜는 자신의 재능을 완전히 파악하지 못해, 오로지 마법사로서의 능력에 올인했다.

당연히 전생과 똑같은 수순을 밟도록 놔둘 생각은 없었다. 알고도 방치하는 건 죄악이다.

번개를 타고 다니며 적의 등을 노리는 완벽한 마검사로서 유은혜를 키우리라, 내심 확정한 상태였다.

그러려면 훈련을 통해 신체 능력치를 높여야 한다. 지금의 상태는 너무 불균형이 심했다.

"따라와라. 지금부터 훈련을 시작하겠다."

나는 홀을 빠져나왔다.

"……여기는 던전 아닌가요?"

사자의 입처럼 거대한 입구를 바라보며 유은혜가 말했다.

"던전이 아니면 뭐로 보이지?"

그거야 당연히 던전이다.

유은혜는 경악에 찬 표정을 지었다.

"저희, 두 명이잖아요."

"실력자들은 이인공대도 뛰곤 한다더군."

"고, 공대장님은 실력자가 맞을지도 모르지만, 전 아니라구요? 던전도 몇 번 들어가 본 적 없는데요?"

나는 대수롭지 않게 답했다.

"그런가? 걱정 마라. 이제부터 많이 들어가게 될 거다."

유은혜가 울먹였다. 그런 뜻이 아니었는데.

"제, 제가 마음에 안 드세요? 미우면 말로 하시지……."

"아니, 나는 네가 마음에 든다."

이런 상황만 아니었다면 고백으로도 들릴 법한 말이었다.

"그럼 왜 저를 사지로……."

"여기서 죽을 건가? 말리진 않겠지만 아쉽긴 하겠군."

"서, 설마, 진짜 훈련하러 온 거예요? 던전에?"

"그래."

"세상에."

이인공대라니!

유은혜는 절망했다.

최정상급 실력자라면 가능하다.

그러나 자신의 실력으로 이인공대는 무리다. 필시 짐만 될 것이다.

"안에선 마법을 쓰지 마라. 오로지 검으로만 처리해야 한다."

"네? 제가 든 이 검이, 제가 사용할 검이었어요? 공대장님 이 아니라?"

유은혜는 현재 롱소드 한 자루를 들고 있었다.

짐을 맡긴 건가 했더니 자신이 사용할 무기란다. 미치고 팔짝 뛸 노릇이다.

"맞다. 네가 사용할 검이다."

확인 사살이었다.

유은혜의 몸이 휘청거렸다.

그렇게 유은혜가 소리 없이 울고 있을 때, 나는 잠시 앞으로의 계획을 세워 보았다.

마족이 수련의 방에서 본래의 강함을 빠르게 회복하듯이, 각성자들도 마수를 잡으면 눈에 띄는 성장을 이룰 수 있다.

스스로 몸을 움직이거나 퀘스트를 깨도 마수를 잡는 만큼의 성장 속도는 나오지 않았다.

보이지 않는 경험치 같은 게 있는 게 아닐는지 의심할 뿐이다.

심안의 등급이 올라가면 보일 수도 있었다. 잠재력이 개방된 것처럼 말이다.

그리고 어떤 방식으로 잡느냐에 따라서 오르는 능력치가 달랐다.

검을 들고 몸을 사용해서 마수를 잡으면 신체와 관련된 능력치가 높은 확률로 오른다.

'능력치는 골고루 올리는 게 제일 좋지.'

지능 100, 마력 100, 나머지는 30 정도의 마법사가 있다고 가정해 보자.

분명히 엄청난 한 방을 선사할 순 있을 테지만 그 반동을 이기지 못하고 몸이 터져 나갈 것이다.

능력에 비해 작은 마법만 연달아서 사용해야 하는 제약이 붙는다.

마법이란 마냥 사용하기 편한 능력이 아니었다.

양날의 검. 기적과 같은 힘을 일으킬 수 있지만 그 반동은 온전히 사용자의 몫이었다.

"으…… 결국 들어와 버렸어."

나를 따라 던전에 입성한 유은혜가 중얼거렸다.

불안한 기색이 역력하다.

시작부터 너무 겁을 먹는 것도 좋지 않다 판단하여 나는 입을 열었다.

"걱정 마라. 너를 이런 곳에서 죽게 할 생각은 없으니."

진심이었다.

유은혜는 세계 레벨의 유망주다. 잘만 키우면 전생에서 가장 강한 인간 10명의 레벨로도 끌어올릴 수 있을 수준이 었다.

적어도 마계공작과 맞바꾸는 것이라면 모를까, 내 던전에 서 내가 초대한 이를 죽게 할 생각은 눈곱만큼도 없었다.

"공대장님만 믿겠습니다."

유은혜의 눈빛에 생존에 대한 열망이 떠올랐다.

나는 피식 웃었다.

오크 2마리를 상대하여 던전의 2층에서 활약한 내 이야기는 길드 내에서도 유명했다.

고블린이나 코볼트 따위는 우습게 처리할 능력의 소유자라고 정평이 나 있었다.

유은혜도 그를 알기에 더는 말하지 않고 따라오는 것일

테다.

"마침 코볼트 두 마리가 오는군."

"헉."

"싸울 준비를 해라. 재차 말하지만 마법은 사용하면 안된다."

"해, 해보겠습니다."

말투가 바뀌었다. 그만큼 긴장했다는 방증이다.

유은혜는 몇 차례 던전을 온 적이 있다고 했다.

마수를 죽이는 데 큰 저항은 없다는 뜻이었고, 어차피 지능 능력치가 높아서 어지간한 패닉도 금세 회복한다.

발을 들인 이상 쉽사리 포기하지는 않을 것이었다.

"난 할 수 있다, 난 할 수 있다, 난 할 수 있다……."

유은혜는 스스로에게 최면을 걸었다.

그녀는 진심으로 기대에 부응하고 싶었다. 자신도 쓸모가 있다는 것을 증명하고 싶어 했다.

좋은 현상이다. 만약 여기서 겁을 먹고 계속 움츠렸다면 실망을 금치 못했을 터.

최소한 싸울 의지는 있다는 게 중요했다.

"왔다."

나는 흘러가듯 작게 말을 이었다.

"내가 코볼트를 상대하는 걸 잘 봐라. 그리고 나머지 한 마리는 유은혜, 너의 몫이다."

"네, 넵."

키에엑!

멀리서 사냥감의 냄새를 맡은 코볼트 두 마리가 부리나케 달려오고 있었다.

내가 손을 뻗자, 아무것도 없던 허공에서 스르르 검이 나타났다.

2만 포인트를 사용하여 구입한, 공간 마법이 새겨진 레어 등급의 검. 초보자 보호 기간 동안 상위의 마수를 처리하려고 하나 장만한 무기였다.

외양은 평범한 롱소드와 다를 게 없었다. 그러나 상당히 날카롭게 벼려져 있어서 어둠 속에서도 빛을 내었다.

한 손으로 가볍게 검을 든 나는 달려오는 코볼트를 바라보며 말했다.

"코볼트의 근력은 너와 비슷하나 머리가 나쁘다. 직선적인 공격밖에 못해. 고블린과 마찬가지로 손톱과 이빨만 조심하면 된다."

유은혜에게 보여줄 동작이었다. 평소처럼 움직이면 따라하고 싶어도 따라하지 못할 테니 최대한 천천히 보여주는 게 중요했다.

키익!

가슴팍에 겨우 닿는 크기의 코볼트.

위치가 낮아서 검으로 상대하기에는 조금 까다롭지만 머

리가 나쁜 종족인지라 조금만 요령이 붙으면 누구라도 이길 수 있었다.

툭!

바닥을 찼다. 먼지가 피어올랐다.

이에 두 마리의 코볼트가 잠시 멈칫했다.

나는 그 찰나의 순간에 코볼트 한 마리의 이마 한중간을 꿰뚫었다.

"거기다가 지독한 근시다. 태생적으로 놈들은 눈이 안 좋지. 이렇게 먼지를 피우면 잠깐이나마 당황할 수밖에 없다. 그사이 내가 한 것처럼 머리를 한 방에 꿰뚫으면 가장 좋고, 그러지 못했다면 목을 잘라내라."

이마에 박힌 검을 뺌과 동시에 목을 잘랐다. 코볼트 한 마리가 완벽하게 처리되는 순간이었다.

"이제 네 차례다."

키에에엑!

남은 한 마리가 더욱 광분했다. 두 눈이 시뻘겋게 변했으며 쉴 새 없이 거친 콧김을 내뿜었다. 어디를 보나 분노하는 모양새였다.

꿀꺽.

유은혜가 겨우 정신을 차렸다.

머릿속이 새하얘지려는 걸 겨우 붙들었다.

나는 한 발자국 뒤로 물러났다. 한 마리를 처리했을 뿐이지 딱히 어그로를 끌지는 않았다.

코볼트는 당연히 더 가까이 있는 생명체를 노릴 것이었다.

'너를 죽게 할 생각은 없다. 하지만 맹목적인 보호자가 될 생각도 없다.'

유은혜의 목숨이 경각에 달하지 않는 한 나서지 않을 셈이었다.

혼자서 처리해야 그만큼 빠르게 능력치를 올릴 수 있다. 극한까지 몰아넣어야 모든 능력을 사용할 수 있었다.

벽은 누군가가 같이 넘어주는 게 아니다.

혼자서 넘어야 비로소 의미가 생긴다. 유은혜는 지금 첫 번째 벽과 마주한 상태였다.

"흐읍!"

숨을 크게 들이쉰 유은혜는 내가 했던 것처럼 발을 굴렸다. 이어 사방에 먼지가 피어올랐다.

코볼트가 멈칫했다. 그래 봤자 고작 0.5초 정도뿐이 안 되는 시간이지만 유은혜는 그 틈을 놓치지 않았다.

퍽!

하지만 얕다. 검은 고작 코볼트의 가죽을 뚫었을 뿐이다. 급하게 검을 빼낸 유은혜가 목을 노렸다.

그 찰나, 코볼트가 손을 올렸다. 공격 자세를 잡으려고 그런 거겠지만 덕분에 목을 지킬 수 있었다.

대신 들어 올린 팔이 날아갔다.

"아!"

혼신의 힘을 다한 일격이 막히자 유은혜는 안타까운 음성을 토했다. 목을 노렸는데 팔을 잘랐다.

이다음은 어떻게 해야 하지? 마침내 머릿속이 새하얘졌다.

그러나 검을 놓지는 않았다.

'아냐.'

높은 지능 덕분인지 다시 한 번 결의를 다질 수 있었다. 하물며 뒤에는 든든한 원군도 있었다.

유은혜는 코볼트를 바라봤다.

코볼트도 한쪽 팔이 날아가 고통스러워하는 기색이었다. 눈에 띄게 행동이 굼떠졌다. 그 상태를 보고 유은혜는 희망을 가졌다.

'다시!'

검을 높이 들어 올렸다. 근력이 부족하여 가죽밖에 뚫지 못한다면 내려치면 된다.

모든 힘을 가장 확실하게 전달할 수 있는 행동이 내려치기였다.

퍽! 퍽!

검이 휘둘러질 때마다 고기 다지는 소리가 들렸다. 몸을 비틀던 코볼트의 비명이 곧 잠잠해졌다.

"하악, 하악……!"

터엉—!

유은혜가 검을 바닥에 내동댕이쳤다. 바닥에 반쯤 주저앉아 거친 숨을 내몰았다.

고작 2, 3분 남짓을 싸웠을 뿐인데 땀이 비 오듯이 흘렀다.

코볼트의 시체는 형체를 알아볼 수 없을 정도였다.

"잘했다."

나는 만족스럽게 미소 지었다.

목을 날리려는 두 번째 공격이 막혔을 때 나는 그녀가 포기할 줄 알았다.

막힐 경우 어떻게 해야 하는지 말해주지 않았기 때문이다.

한데 유은혜는 그 위기를 스스로 극복했다. 벽을 넘어선게 아니라 부쉈다. 어찌 만족하지 않을 수 있으랴.

미리 준비해 온 손수건을 꺼내 유은혜의 얼굴에 묻은 핏물을 제거했다.

이후 포션을 이용해 다친 상처를 말끔히 치료해 주었다.

전류 패시브가 발동하여 내 몸을 공격하고 있었지만 개의치 않았다.

따가울 텐데도 자신의 상처를 전혀 깨닫지 못한 듯, 유은혜는 멀뚱히 내 행위를 지켜보다가 입을 열었다.

"제, 제가 제대로 한 게 맞나요, 공대장님?"

"그래, 훌륭했다."

"아······!"

처음엔 할 수 없다고 생각했다. 하지만 결국 혼자서 해냈다. 그 고취감에 유은혜는 몸을 바르르 떨었다.

어느 공대에서도 이만한 활약을 한 적은 없었다.

그놈의 패시브 탓에 공대원들은 그녀를 떼어놓고 행동하기 일쑤였다.

모든 사냥이 끝나고 코어를 나눌 때면 마치 죄인이 된 기분이었다.

이제는 그러지 않아도 된다. 무려 혼자서 코볼트를 처리하지 않았나.

지금의 감각을 잃지 않고자 유은혜는 노력했다.

할 수 있다는, 일어설 수 있다는 이 감각은 그간 패배주의로 살았던 유은혜에게 무엇보다 소중한 보물이었다.

"네가 원한다면 오늘은 이쯤에서 그만해도 좋다."

내가 말했다. 첫날은 이쯤이면 충분하다고 판단했다. 생각보다 잘 따라와 줘서 흐뭇할 따름이었다.

그러나 유은혜가 고개를 저었다.

"아, 아니에요. 아직 더 할 수 있어요. 할 수 있을 거 같아요."

"정말 괜찮겠나?"

"예."

"너의 의지가 그렇다면 말리지 않으마."

무엇보다 중요한 게 의지였다. 스스로 하겠다는 걸 막을 순 없었다.

'나쁘지 않아.'

전생의 유은혜는 겁이 많았다. 위험하다 싶으면 바로 몸을 뺐다. 안전 지향적인 행동이 몸에 배어 있었다.

하나 지금의 유은혜는 다르다. 조심스러움이 몸에 배기 전에 전사의 피를 일깨웠다. 방향만 잘 설정해 주면 훌륭하게 자라리라.

'번개를 부리며 몸을 사리지 않는 진정한 마검사로 만들어 주지.'

나는 더욱 눈을 빛내며 유은혜를 바라봤다.

시간은 많았고, 포션도 충분하다.

의지를 확인했으니 달릴 일만 남았다.

이제부터는 다소 강행군이 되겠지만 잘 따라오리라고 믿었다.

번개의 여왕!

전생에선 번개를 다루는 대마법사로 이름이 높았지만, 이번 생에서 그녀는 번개의 마검사가 될 것이다.

Chapter 6

2,000 VS 800

Dungeon Hunter

그로부터 10일.

유은혜의 자조적인 성정은 완전히 바뀌었다.

자신감이 붙었고 매사에 조금 더 적극적으로 임하게 됐다.

신체 능력치도 제법 상승하여 조금씩 전사의 태를 갖춰가기 시작했다.

조금 더 도와주면 혼자서도 던전을 돌 수 있을 것 같았다.

해서, 나는 오랜만에 던전의 최상층으로 돌아왔다.

'유은혜가 쓸 만한 스킬북을 찾아봐야겠어. 일단 몸에 흐르는 저 전류를 어떻게든 해야 다음 단계로 나아갈 수 있을 거 같은데.'

전생에서 나는 독불장군이었다. 혼자 모든 걸 독식하며 강해지려고 발악했다.

그게 잘못되었다는 걸 깨닫는 데에 무려 10년이 넘게 걸렸다.

이제는 인색하게 굴지 않기로 했다. 게다가 유은혜는 내 계획의 중요한 말 중 하나였다.

베풀어서 본전 이상을 찾을 수 있는 일을 마다할 이유가 없었다.

오랜만에 본 이히는 변함이 없었다. 던전 코어 위에 앉아 맹한 표정으로 무언가를 고민하고 있었다.

그러다가 내가 왔다는 걸 깨닫고는 크게 날개를 펄럭였다.

"아, 마스터! 왜 이제야 오셨어요?"

"무슨 일 있나?"

"2층이 뚫렸어요. 이대로 놔두면 3층 4층도 뚫리겠는데요?"

"벌써?"

앞으로 최소한 반년은 더 있어야 4층이 뚫리리라 판단하고 있었다.

그런데 벌써 뚫렸다고? 내가 의아함에 묻자 이히가 고개를 끄덕였다.

"아주 떼거지로 몰려왔거든요. 여기 나라 사람들 같지는 않아요. 깜둥이도 있고 하양이도 있어요. 이히가 3층에 정원을 만들고 있었는데 녀석들이 올라와서 깜짝 놀랐지 뭐예요."

이히가 뿔이 난 듯 던전 코어를 발로 툭툭 찼다.

3층에 정원을 왜 만들고 있었는지는 차치하고, 말인즉 외국인들이 던전을 찾아왔다는 것이다.

세계에는 72개의 던전이 존재했고 한국엔 내 던전이 유일했다.

왜 굳이 한국의 던전을 찾아왔을까?

잠시 고민하던 나는 그 해답을 찾을 수 있었다.

'보물을 노리고 왔구나.'

유일하게 보물이 출토된 던전.

세계적으로 가십거리가 되었으니 탐욕이 들 만하다.

"몇 명이나 몰려왔지?"

이히가 양손을 들어 크게 원을 그렸다.

"이~ 따만큼 많이요!"

"정확하게."

"다 따로 들어와서 정확하게는 모르는데요. 100명씩 들어온 그룹도 있고…… 아, 중국인도 있었어요. 어떻게 알았냐구요? 이래 봬도 이히는 지구의 언어를 3개나 습득하고 있답니다. 중국어도 그중 하나예요."

"몇 명."

내 말이 점점 짧아지자, 사태의 심각성을 인지한 이히가 울먹거렸다.

"힝! 중국인은 이히가 봤을 때 500명은 되는 것 같았어요.

다른 인간들도 합치면 천 명쯤? 그중 200명가량은 2층에서 죽었어요."

"현재 3층의 상황은 어떻지?"

"아직 접전은 일어나지 않았어요. 우두머리들이 경계하는 기색이에요."

"3층에 있는 마수의 현황을 불러봐."

"고블린 우두머리가 다섯 마리, 코블트 우두머리가 네 마리, 각자가 이백 정도의 세력을 두고 있구요. 오크가 200마리까지 번식했어요."

3층부터는 고블린과 코볼트 우두머리가 존재한다.

그들은 전술을 구사할 줄 아는 지능이 있었다. 무작정 부딪히면 패배한다 생각하고 간을 보고 있는 것이다.

"뚫리겠군."

"아무래도요."

이히가 동의했다.

숫자가 많아도 태생의 한계는 존재했다. 대량으로 맞부딪치면 가망이 없었다.

오크들은 소수로 밀집하여 생활하는데, 오크 로드의 존재 없인 쉬이 뭉치지 않는다.

그러나 오크 로드는 12만 포인트나 하는 상급 마수였다.

한데, 오크 로드를 3층에 놔뒀다간 성장해야 하는 각성자들이 올라오는 족족 죽어나갈 것이 자명했다.

코볼트와 고블린도 씨가 마를 것이다.

전쟁이 끝난 뒤 다른 층으로 옮기면 되지 않느냐?

하고 물을 수도 있겠지만 그러면 오크 로드를 쓸 곳이 없다.

12만 포인트를 가만히 방치할 수는 없는 노릇 아닌가. 놔둔다고 포인트가 더 들어오는 것도 아닌데 말이다.

던전 코어 가디언으로서는 20%쯤 부족하고, 플로어 마스터로 쓰자니 딱히 쓸 만한 층이 없다.

1층부터 4층까진 각성자들의 레벨 업을 위한 장소.

그런 곳에 오크 로드를 놔둘 수도 없는 데다 5층부터는 텅텅 비어 있으니 소환해 봤자 계륵 같은 존재가 될 공산이 컸다.

'오크 로드를 소환하는 건 보류해야겠군.'

나는 잠시 고민하다가 말했다.

"고블린과 코볼트 우두머리들을 만나봐야겠다. 놈들이라면 지능이 있으니 말이 통하겠지. 이히, 지금 포인트가 얼마나 남았지?"

"56만 정도 있어요."

"……내가 잘못 들은 건가?"

"정확히는 562,433포인트예요."

마지막으로 확인했을 때 32만 포인트가량이 남아 있었다.

두 달 조금 안 되게 나가 있었을 뿐이었는데, 그사이 22만 포인트가 오른 것이다.

보통 한 달 동안 5,000포인트 정도를 벌면 준수한 편이었다.

약한 각성자 한 명을 처리해서 벌어들이는 포인트는 200 안팎.

지금 수준에서 최정예라 불리는 이들을 처리해 봤자 600이 조금 넘을까?

8인, 12인으로 공대를 짜서 던전으로 들어오기에 생각보다 사망률이 적었다.

나로서도 그게 좋다고 판단했고, 적당히 큰 다음에 잡아먹으면 최소 몇 배를 더 벌 수 있으니 굳이 강한 마수를 1층에 풀어놓을 필요성을 느끼지 못했다.

한데 내가 없는 사이 못해도 600명 이상의 각성자가 던전에서 죽어 나간 모양이었다.

아니, 그간 던전을 구성하는 데 들어간 포인트까지 합산하면 그보다 더 많을 게 분명했다.

"허. 어지간히 쳐들어왔나 보군."

기가 찼다.

인간의 단합력이란 역시 무시할 수가 없었다.

이히가 쪼로롱 날아와 내 어깨 위에 앉았다.

"뭉쳐서 올라온 인간들 말고도 슬금슬금 기어온 외국 각성자가 많았나 봐요. 소수로 들어와서 그런지 대부분 1층에서 몰살당했어요. 이히가 생각해도 쌤통이에요."

"당장 3층에 올라온 각성자는 팔백 명 정도라는 건가."

"그러지 말고 마스터가 손을 보시는 게 어때요? 지금 마스터의 능력이면 그깟 인간들은 개미처럼 밟아버릴 수 있잖아요."

"확실히…… 하지만, 됐다."

전생의 나였다면 그들을 괘씸히 여겨 홀로 달려가 쓸어버렸을 것이다.

하지만 내키지 않았다.

전생에서 던전을 잃고 마수를 부릴 수 없게 된 나는, 다른 마족들이 마수를 부리며 세상을 집어삼키는 걸 손가락 빨며 구경만 했다.

대규모의 마수가 마족의 손과 발이 되어 움직이는 걸 보고 있자면 부럽기 짝이 없었다.

혼자 전장을 수없이 전전했어도 마수를 부려서 대규모 전쟁을 일으킨 경험은 없었다.

'괜찮겠지.'

전쟁이다, 전쟁.

내 던전에서 대규모 접전이 벌어진다.

하물며 외국 각성자들이다. 내 던전에 들어올 리 없는 이들이 손수 찾아왔다.

이걸 직접 나서서 쓸어버리라고?

아까운 짓이다. 그야 어렵진 않겠지만 직접 지휘하며 맞서는 재미를 없애는 짓이었다.

마계에서도 백작의 직위를 얻긴 했으나 이름뿐이었다. 나를 따르는 마족도 마수도 없었다.

'각층에 보물을 배치한 게 전화위복이 되었어. 인간들은 확실히 보물이라면 사족을 못 쓰긴 하니까. 목숨 걸고 얻으려는 경향이 있지.'

인간은 탐욕이 강한 동물이다.

그 탐욕이 도를 넘어서 목숨도 쉽게 건다.

'그나저나 과연 중국이군. 물량도 남달라.'

시간이 지날수록 각성자의 숫자는 늘어난다.

지금이야 만 명 중 한 명 정도의 각성률을 보이고 있지만 비율은 점차 높아질 것이다.

그러나 만 명 중 한 명이라도, 중국은 인구가 많다.

지금도 10만 명 이상의 각성자를 보유하고 있을 텐데, 500명은 간에 기별도 안 가는 숫자였다.

"마스터, 포인트도 많겠다, 골렘을 풀어놓는 건 어때요? 네이쳐 골렘이라면 적으로 인지한 상대만 공격하니까 3층의 생태에 문제를 일으키진 않을 거예요. 식물들이 빨리 자라는 효과도 있어서 주변 경관도 좋아지고요. 이히가 만든 정원에 배치하면 아주 멋있는 광경이 연출될 거예요. 이히히~"

사심을 담아 이히가 의견을 냈다.

네이쳐 골렘은 오크 로드와 같은 상급 마수다. 그러나 상급 마수 중에서도 좋은 편에 속했다.

오크 로드보다 5만 포인트 더 비싼 17만 포인트가 필요하다는 것만 빼면, 생태에 영향을 주지도 않으니 사용하기 좋은 패임에는 틀림없었다.

그러나 네이쳐 골렘을 소환하면 전쟁이 너무 싱거워진다. 혼자서 다 쓸어버릴 게 자명한 균형 파괴자.

지금으로선 필요 없는 존재다.

'졸지에 플로어 마스터의 역할을 맡게 생겼어.'

각 층에 존재하는 마수들을 통솔하는 플로어 마스터.

던전을 구성하는 데 필수적인 요건 중 하나지만 나는 아직 그런 존재를 들이지 않았다.

굳이 낮은 층에 플로어 마스터를 둘 필요가 없다고 생각했기 때문이다.

하지만 이럴 때 플로어 마스터가 있었다면 알아서 마수들을 규합했을 것이다.

3층으로 몰려온 각성자들을 맞이해 전쟁을 구상했겠지.

자신이 감당할 수 없다고 여기면 다른 플로어 마스터에게 도움을 구하거나 내게 직접 요청을 넣는, 그런 역할이었다.

나는 고개를 저으며 말했다.

"지금으로도 충분하다. 오크가 이백, 고블린과 코볼트가 천팔백, 도합 이천 마리. 그에 비해 각성자는 팔백. 숫자는 우리가 우세해."

"그게, 3층에 올라온 각성자들의 수준이 상당한 거 같아요. 특히 중국인 중에 제법 강한 스킬을 사용하는 사용자가 두 명이나 있어요. 레어 등급의 스킬 같은데, 마스터가 나서지 않으시면 힘든 싸움이 될 걸요?"

오크 한 마리가 각성자 둘을 맡을 수 있다.

문제는 고블린과 코볼트다. 현 상태에서 수준급의 각성자 하나를 상대하려면 족히 다섯 마리는 필요하다.

단순히 계산해 봐도 겨우 박빙. 하물며 레어 등급 스킬을 가진 각성자가 둘이나 있다.

'내가 바라는 바다.'

조금씩 가슴이 뛰는 게 느껴졌다.

내가 나서거나 상급의 마수를 소환하면 싱거운 싸움이 되겠지만 그러지 않을 것이다.

비슷한 전력이 내 손 위에서 놀아나는 그 기분을 나도 한 번쯤은 맛보고 싶었다.

내 명령에 따라 일사분란하게 움직이는 병졸들. 상상만으로도 희열이 생긴다.

전생의 나는 빠르게 던전을 잃었고, 하여 그런 생각조차 갖지 못했다.

포인트를 모으는 족족 나 자신만의 강화를 위해 사용했다.

곧 한계에 부딪혀 그것이 잘못된 선택이었다는 걸 깨달았지만 늦었다.

사실 대규모 마수를 부려보고 싶다고 생각한 것도, 다른 마족들의 던전을 경험한 뒤였다.

"우선 코볼트와 고블린 우두머리들을 만나보도록 하지."

내 입가에 얕은 미소가 떠올랐다.

던전 3층.

일대 장관이 펼쳐졌다.

약 1,800마리에 달하는 고블린과 코볼트가 사이좋게 한자리에 모여 있었다.

그들을 지휘하는 9마리의 우두머리가 앞으로 튀어나와 내 앞에 섰다.

"던전 마스터! 내 졸개들 모두 여기 왔다. 코볼트 따위보다 강한 고블린들이다."

"던전 마스터! 나도 왔다. 고블린을 코딱지처럼 여기는 강한 코볼트들이다."

"던전 마스터! 내가 제일 많다. 내가 부리는 코볼트들, 제일 튼튼하고 세다."

개성 없이 이야기를 늘어놓는 9마리의 우두머리.

누가 더 강하느냐로 묘한 경쟁이 붙었다.

두 시간 전, 나는 모든 마력을 개방하여 내가 던전 마스터임을 그들에게 알리고, 집결할 것을 명했다.

던전 마스터의 권한은 절대적.

본래 사이가 좋지 않은 고블린과 코볼트지만, 내 명령을 무시할 수는 없었다.

"반갑다."

짧게 말하자, 앞다투어 9마리의 우두머리가 입을 열었다.

"나도 반갑다."

"내가 더 반갑다."

"내가 제일 반갑다."

우두머리라고 해도 태생적으로 머리가 나쁜 건 어쩔 수 없는 모양이다.

고블린과 코볼트에게 뭘 바라겠나.

9마리가 일제히 나를 환영하는 게 기분이 나쁘진 않았지만 시끄럽기 그지없었다.

'골이 울리는군.'

나는 잠시 관자놀이를 눌렀다.

이 녀석들을 데리고 전쟁을 할 수 있을까?

'해야지.'

할 수 없어도 할 수 있게 만드는 것이 내 역할이다.

어차피 쉽지 않은 싸움이 되리라는 건 알고 있었고, 여기서 승리하면 더욱 큰 쾌감을 느낄 수 있을 것이다.

"3층에 인간들이 몰려왔다. 다들 알고 있겠지?"

9마리의 우두머리가 일제히 고개를 끄덕였다.

안 그래도 침입자로 인하여 신경을 곤두세우고 있었다.

"안다."

"괘씸하다."

"다 쓸어버릴 거다."

적대심 하나는 탁월하다. 공통의 적이 생겼으니 따로 부대가 분열할 거 같지는 않았다.

"놈들은 자기 주제를 모르고 내 던전에 보물을 탐하러 들어왔다. 던전 마스터로서 이 일을 묵과할 수는 없다고 판단한 바, 나는 너희들에게 기회를 주려고 한다."

"묵과가 뭐냐?"

"그것도 모르냐, 멍청한 고블린아. 먹을 거다."

"아니다. 묵과는 내 친구 이름이다."

어려운 단어는 자제해야 할 것 같았다.

그동안 제일 단순한 게 이히인 줄 알았는데 여기 차원이 다른 존재들이 있었다.

오히려 이히가 똑똑해 보일 지경이다.

나는 탁월한 인내력을 보이며 말했다.

"용서할 수 없다는 뜻이다. 나는 인간들을 이대로 가만히 놔두지 않을 생각이다."

"좋다. 나도 인간들이 싫다!"

"우리 코볼트의 용맹함을 보여주겠다!"

"크르륵! 인간은 싫지만 맛있다."

아주 한마음이다.

그러나 동기가 조금 부족하다.

철천지원수처럼 여겼다면 간을 보는 게 아니라 진즉에 공격을 했을 터.

그러지 않았다는 건 아직은 몸을 사리고 있었다는 뜻이었다.

'상이 필요하겠군.'

노예처럼 부리기만 해선 효율이 나빠진다.

채찍과 당근.

인간 한정이 아니라 모든 지성체에게 통하는 수법이었다.

"나는 이 전쟁에서 공을 세우는 우두머리에게 상을 줄 것이다. 혹시 바라는 게 따로 있나?"

그리고 이왕이면 바라는 것을 준다.

내 말이 끝난 즉시 가장 왼쪽에 선 고블린 우두머리가 답했다.

"암컷! 죄다 수컷뿐이다. 나는 내 씨를 뿌리고 싶다."

"동의한다. 이러다간 수컷끼리 교미를 하게 생겼다."

"나는 혼자서도 할 수 있다!"

마지막으로 대답한 녀석은 접어두고, 나머지 우두머리들이 동의했다.

확실히 이곳에 모인 1,700여 마리의 고블린과 코볼트는 모두 수컷이었다.

오크는 따로 암컷을 다수 소환해 번식하도록 만들었지만, 고블린과 코볼트는 보류 중이었다.

워낙 난잡하고 근친교배도 허물없이 하는 놈들이라 번식률 면에서만큼은 오크보다 뛰어났다.

물론 난산할 가능성이 높은 데다가 기형아도 많아서 새끼의 절반은 1년이 되기도 전에 죽는다.

용케 유지가 되는 종족이지만, 몸집을 불리면 오크를 사냥하려 들 것이기에 내버려 두고 있었다.

'애당초 고블린과 코볼트는 뿌리가 같지. 서로를 미워하면서도 은근히 인정해. 그러나 다른 종족을 배척하는 이기심은 가장 우월하다. 특히 1층에 존재하는 식육박쥐나 에일스네이크와 달리 오크는 생존권을 위협할 수도 있으니까.'

오크는 아직 숫자를 더 불려야 하는 상황이다. 적절한 균형은 던전의 생태를 구성하는 데 가장 중요한 요소였다.

'이번 전쟁으로 숫자가 상당히 줄어들 거야. 나쁘지 않겠지.'

이대로 무한정 불어나기만 한다면 모를까, 전쟁으로 숫자가 대폭 줄어든 상태라면 상관없을 것이다.

나는 고개를 끄덕였다.

"좋다. 인간을 많이 없앤 순서대로 다수의 암컷을 선물해 주지."

"키엑! 열심히 하겠다!"

"고블린보다 많이 잡겠다!"

"내가 제일 많이 잡을 거다."

이 녀석들에게 숫자를 속인다거나 할 정도의 두뇌는 없었다.

애당초 손가락과 발가락 이상 가는 숫자는 셀 수도 없을 터였다.

각성자를 죽이는 족족 머리를 모아오면, 계산을 해줘야 한다는 번거로움이 있겠지만 이히에게 맡기면 그만이다.

핏물 뚝뚝 떨어지는 머리통의 숫자를 세고 있는 이히의 모습을 떠올리자 작은 실소가 튀어나왔다. 그토록 안 어울리는 모습이라니.

"그러면 지금부터 새로운 부대를 편성하도록 하겠다."

어차피 정면승부는 무리다.

오크들이 합류하여 제대로 붙어도 승률은 기껏해야 4할 정도라고 판단했다.

그러니 따로 부대를 나눠서 효율적으로 운영할 필요가 있었다.

나는 전생에서 겪어본 전쟁들을 떠올리며, 우두머리들에게 각각의 역할을 배정하기 시작했다.

던전 3층 입구 부근에 자리 잡은 각성자 800여 명.

그들은 각자 대여섯 명씩 나뉘어 모닥불을 피운 채 한데 모여 있었다.

2층을 돌파하며 다수의 동료를 잃어서인지 분위기는 침체되어 있었다.

하지만 그렇지 않은 부류도 있었다.

바로 중국계의 각성자였다.

숫자의 우위를 내세워서 다른 국적의 각성자를 앞에 배치한 탓에, 그들은 비교적 손실이 적었다.

"하오! 핸하오!"

"하하하!"

중국인 한 명이 오크 머리통을 창대에 꽂고 뱅뱅 돌리며 춤을 추자 주변에서 박수를 치며 호응했다.

곡예사와 같은 몸놀림의 춤이었지만 그것을 좋게 바라보는 이들은 대다수가 중국계의 각성자였다.

나머지의 시선은 곱지 않았다.

"아주 축제가 따로 없군."

모닥불 앞에 앉아 잔뜩 인상을 찌푸린 다니엘이 쓰게 뱉었다.

미국인인 다니엘은 본인을 포함한 다섯 명과 함께 던전에 왔는데 그중 한 명이 2층에서 죽었다. 당연히 기분이 좋을리 없었다.

"리더, 그러지 말고 따로 행동하는 게 어때? 보물을 찾아도 죄다 독식할 기세잖아. 우리 차례는 오지도 않을 거라구."

거대한 할버드를 손질하던, 닭 벼슬 같은 형태의 붉은 머리칼을 소유한 남자가 말했다.

거친 삶을 살아왔는지 몸 전체가 상처투성이였다.

다니엘은 고개를 저었다.

"안 돼. 3층에 무슨 마수가 있을지 아무도 몰라. 그것을 확인하기 전까지 우리는 이 대열에서 벗어날 수 없다. 오크보다 더 성가신 놈들이 존재한다면 그 자리에서 우린 사망이야."

"중동의 몬스터 웨이브 때 나왔던 비홀더나 가고일 같은 녀석들 말이지?"

이들은 중동에서 몬스터 웨이브가 발생했을 당시 용병으로 참전했다. 거기서 코볼트나 고블린, 오크 외의 마수와도 상대해 본 적이 있었다.

특히 거대한 눈알만 동동 떠다니는 비홀더나 2m 크기의 가고일은 그들로서도 어쩔 수 없는 강력한 마수였다.

비홀더는 짧은 사거리의 빔을 쏘았는데 칼날보다 날카로워 닿는 즉시 신체가 잘렸다.

가고일은 날카로운 이빨 외엔 크게 위협적인 공격은 없었지만 회복력이 발군이었다.

잠시 한눈팔면 석화처럼 돌변해 순식간에 체력을 회복시켰다.

그 둘에게 희생당한 각성자가 열이 넘었다.

수십 대의 전투기가 일제히 요격하여 끝장을 낼 수 있었지만, 그때만 생각하면 지금도 바지에 오줌을 찔끔 지리곤 하였다.

"이곳에서만 보물이 나왔다는 걸 생각하면, 비홀더나 가고일보다 까다로운 마수가 존재해도 이상하지 않아. 그때 우리들 다섯만 있다면 분명히 전멸하겠지."

다니엘의 의견은 타당했다.

팀의 리더로서 팀원의 생명을 걱정하는 건 당연한 도리였다.

닭 벼슬 머리의 남자가 혀를 찼다.

"그래도 중국인들은 마음에 안 들어. 흑사회인지 뭔지. 그깟 오크 좀 몇 마리 잡았다고 축제 분위기잖아. 이러면 오히려 마수들을 자극하는 꼴이라고."

"나도 마음에 안 든다. 그래도 참아라. 일단 돌아가는 분위기를 좀 보자."

"리더. 그런데 정말 보물이 있을까? 2층에서 찾은 거라곤 지팡이 하나뿐이잖아. 마법 효율을 조금 더 올려준다고 했던가? 그걸 보물이라 하기엔 좀 석연찮은데."

"지팡이가 있다는 건 더 대단한 것도 있다는 뜻이겠지. 한국의 천명회 길드가 찾은 물건들은 하나같이 범상치 않아. 특히 공간을 도약할 수 있는 스크롤은, 억만금을 받을 만한 물건이다. 그런 거 하나만 건져도 이번 원정은 성공이야."

공간도약 스크롤은 정말 사용할 곳이 많았다. 여벌의 생명이 생긴다는 뜻이고, 반대로 아주 악질적인 일에도 이용할 수 있었다.

그걸 비밀 경매장에 내다놓으면 사려는 사람이 줄을 설 것이다.

닭 벼슬 남자가 머리를 긁적였다.

"그나저나 사람들 생각이란 게 다 비슷한가 봐. 던전에서 한탕 하려는 놈들이 이렇게나 많다니 말이야."

다니엘이 피식 웃었다.

"인간이란 탐욕적인 동물이니까. 그런 의미에서 보자면 중국인들을 마냥 욕할 수는 없는 처지지. 여기 있는 모두를 모은 게 그들이니……. 덕택에 3층에 쉽게 오를 수 있었어."

아무리 던전에 사람이 많아도 따로 들어왔다면 천 명이나 무리 지을 수가 없었다.

중국인들이 한국에 기거하는 외국 각성자들을 모았기에 가능한 인원이었다.

어떻게 자신들의 행방을 알고 찾아왔는지는 의문이지만 덕분에 2층을 뚫을 수 있었다.

비록 팀원 중 한 명의 희생이 따랐지만 말이다.

닭 벼슬 남자가 질색을 하며 입을 열었다.

"아, 몰라. 난 저놈들이 싫어. 그보다 리더, 진짜 이번에 한탕 제대로 해보자고. 죽은 잭을 위해서라도 우리가 보란

듯이 잘 살아야 해."

"그래야지."

잭은 2층에서 죽은 동료의 이름이었다.

잠시나마 분위기가 숙연해졌고, 그들은 접시에 담긴 스프를 깨작였다.

"커헉!"

그 순간, 어디선가 비명 소리가 들려왔다.

다니엘을 비롯한 팀원 전부가 급히 무기를 들고 비명 소리가 들린 방향을 쳐다봤다.

좀 전까지 오크 머리통을 창대에 꽂아 빙빙 돌리며 춤을 추던 중국인의 머리에 조잡한 나무 화살이 꽂혀 있었다.

"워 챠오!"

삽시간에 일어난 일.

중국인들이 무기를 들고 벌 떼같이 일어났다.

다니엘과 그의 팀도 긴장하며 전방을 주시했다.

"키륵".

"키에엑".

동시에 침을 질질 흘리며 이쪽을 바라보는 수백의 코볼트 무리를 발견할 수 있었다.

코볼트 무리의 선두에 선, 우두머리로 보이는 성인 남성과 비슷한 크기의 코볼트가 활을 든 채 이쪽을 겨냥하고 있었다.

춤을 추던 중국인의 머리에 화살을 맞힌 게 저놈이다.

"젠— 부샤쓰!"

단단히 골이 난 중국인들이 코볼트 무리를 향해 달려 나갔다.

유튜브 등의 영상 매체에서 대륙이라며 놀림받던 모습과는 사뭇 다르다.

저런 헌신적인 태도가 동료 한정으로만 나와서 문제이긴 하지만 500명이 달려드는 장면은 확실히 인상적이었다.

휘이익.

파삭!

화살 한 대가 더 날아오자, 선두에 선 중국인이 검을 들어 잘라냈다.

기습이라면 모를까 저런 허접한 활쏘기 실력에 당할 각성자는 이곳에 없었다.

"크르윽! 키에에!"

화살이 막힌 즉시 코볼트 우두머리가 함성을 한 차례 내지른 뒤 몸을 돌렸다.

마치 자신이 할 일은 전부 했다는 듯 한 줌 미련이 없었다.

코볼트의 무리가 일사불란하게 도망치기 시작했다.

도망치는 무리를 토벌하는 것만큼 쉬운 일이 없다고 여긴 몇몇 각성자가 그 뒤를 따랐다.

보물은 얻지 못해도 코어는 여전히 돈이 된다.

손쉽게 다수의 코어를 손에 넣을 수 있다면 마냥 손가락 빨며 구경할 순 없었다.

"리더, 우리도 쫓아야 하지 않을까?"

가만히 코볼트 무리와 뿔이 난 중국인들을 지켜보던 닭 벼슬 남자가 말했다.

다니엘은 고개를 저었다.

"우리 팀은 이곳에 남는다. 뭔가 이상하군."

"그게 무슨 소리야? 저놈들은 코볼트라구. 그냥 건드려 보니까 이건 아닌 거 같아서 도망가는 거 아냐?"

"가장 앞에 있던 놈. 놈은 우두머리다. 기초적인 전략을 구사할 줄 알아."

"에이, 리더. 그래도 코볼트잖아."

한번 코볼트는 영원한 코볼트다.

놈들의 머리가 닭대가리 수준이라는 건 각성자들 사이에서 널리 알려진 사실이었다.

아무리 우두머리라고 해도 유인책까지 써 가며 각성자를 상대할 것 같지는 않았다.

"느낌이 좋지 않아."

다니엘은 감이 무척 좋은 편이었다. 2층에서 잭이 죽은 것도 그가 마음대로 나댄 결과라는 걸 팀원들은 모두 알고 있었다.

"우린 3층의 지리를 전혀 모르지. 만약 유인책이라면 상당한 숫자가 죽어 나갈 거야."

"쩝. 알았어. 알았다구. 리더가 그렇다면 그런 거겠지. 그런데 나중에 말이 나오지 않을까?"

"어차피 놈들과 끝까지 같이할 생각은 없어. 같이 있는 건 어디까지나 만약의 상황을 대비하기 위함이다. 사정이 파악되는 즉시 따로 행동할 거야."

다니엘의 선언에 닭 벼슬 남자가 옳다구나 손뼉을 쳤다.

"내가 이래서 리더를 좋아한다니깐!"

그러거나 말거나 다니엘은 냉정하게 상황을 수습했다.

"일단 우리 중에 가장 발이 빠른 리차드, 정찰을 맡아줬으면 좋겠는데. 진짜 함정인지 아닌지 파악할 필요가 있다."

"오케이."

"앤디, 주변 경계."

"알겠어."

"퍼슨스는 우리에게 축복을 걸어줘."

"간단한 일이지."

"난? 나는? 난 뭘 할까, 리더?"

닭 벼슬 남자가 초롱초롱 눈을 빛냈다.

다니엘은 잠시 고민하다가 스프가 아직도 반이나 담긴 냄비를 바라보곤 말했다.

"스프를 마저 먹어라. 너무 많이 남았군."

코볼트 떼를 쫓아간 이들의 숫자가 점차 적어졌다.

동굴의 지리는 워낙 복잡했고 속도를 따라가지 못해 낙오하는 이가 하나둘 생겨났다.

처음에는 500명의 대인원이 달렸으나 최종적으로 남은 이는 겨우 백 남짓.

슬슬 뭔가 이상하다는 걸 깨달은 선두의 그룹이 몸을 돌려 돌아가려고 했지만 한발 늦고 말았다.

취익!

취이익!

선두의 각성자들은 경악했다.

사방팔방에서 마수가 튀어나왔다.

고블린이나 코볼트가 튀어나왔다면 이처럼 놀라진 않았을 것이다.

나타난 마수는 200마리의 오크 떼!

모두의 얼굴에 절망감이 서렸다.

'생각보다 많은데.'

나는 수정구를 통해 전장을 실시간으로 확인하는 중이었다.

수정구는 두 개가 한 쌍이고, 마력을 넣어 발동시키면 다른 수정구의 주변 광경을 보여주는 기능이 탑재되어 있다.

아마도 오크 한 마리가 수정구를 들고 전장을 비추고 있을 것이다. 그러니 전장에서 떨어진 장소에 있는 내가 그곳을 실시간으로 확인할 수 있는 것이고.

무려 5,000포인트나 하는 마법 도구였다.

'생각보다 단순해.'

마지막까지 기어코 따라온 100여 명의 각성자를 바라보며 나는 조소를 흘렸다.

설마 코볼트가 유인책을 쓰리라곤 상상조차 하지 못했던 모양이다.

코볼트가 겁을 먹고 도망간다고 생각한 거겠지.

따라온 인간들 중 대부분이 중국계 각성자였지만, 역시 사고가 편협하다.

편견이 불러온 최악의 결과였다.

'1회용 작전치곤 결과가 좋군. 이제 서서히 피가 마르게 해야겠어.'

전력이 비슷해도 이곳은 내 홈그라운드다.

게다가 이번 작전으로 조금이나마 우위를 가져왔다.

이제 무슨 방법으로 저들을 괴롭힐까?

입가에 새겨진 미소가 좀처럼 지워지지 않았다.

각성자들의 눈이 새빨갛다.

피부의 각질이 벗겨지고 입에선 단내가 줄줄 흘렀다.

지난 수일.

그들은 잠을 잘 수가 없었다.

시도 때도 없이 괴성을 질러 대고 기습을 가하는 코볼트와 고블린, 주변을 배회하는 오크 덕분에 24시간 신경을 곤두세우고 있었다.

몇몇 각성자가 이에 분노하며 나섰다가 돌아오지 못했다. 그렇게 죽어 나간 각성자만 수십이다.

처음 팔백이 넘었던 각성자의 숫자가 700 아래로 떨어졌다.

던전을 빠져나가자는 이야기가 오갔지만 중국 흑사회는 거들떠보지도 않았다.

고작 지팡이 하나 얻고 돌아갈 수는 없다는 굳건한 태도를 유지했다.

최대 그룹인 흑사회의 도움 없이 던전을 내려갈 간 큰 각성자는 몇 없었다.

사실 마수가 정면대결을 안 해줘서 이 모양이지 맞붙으면 질 전력은 아니었다.

희망은 아직 꺾이지 않았다.

"상황이 좋지 않군."

그러나 다니엘의 생각은 달랐다.

"코볼트와 고블린, 오크가 연합했다. 이건 예삿일이 아니야. 뒤에 누군가가 있다는 건데…… 누굴까? 마수에게 아주 강한 영향력을 끼칠 수 있는 자. 상급 마수? 아니면…… 던전의 주인?"

상황도 상황이거니와 불안하기 짝이 없었다.

다니엘은 감이 아주 뛰어난 편이었고 특히 위험에 관한 냄새를 잘 맡았다.

지금은 최고조였다.

이처럼 불안했던 적은 각성자가 된 이후 없었다.

중동에 용병으로 참가했을 때조차 이 정도는 아니었건만.

"간을 보고 있다. 상대는 여유로워. 언제든지 쓸어버릴 수 있다는 자신감……. 그런데도 그러지 않고 있다면, 제기랄, 놀고 있는 건가? 우리 따윈 처음부터 안중에 없었나?"

다니엘은 초조가 극에 달하면 혼잣말을 하는 버릇이 있었다.

지금이 바로 그때였다.

"리더?"

다니엘의 이상함을 눈치챈 닭 벼슬 남자가 고개를 갸웃하며 묻자, 다니엘은 자리를 털고 일어났다.

"던전을 빠져나갈 수 있는 기회는 지금밖에 없다. 가자."

"그게 무슨 소리야?"

"이 앞은 개미지옥이야. 들어가면 다시는 못 돌아온다. 마수들은 우리를 간 보고, 가지고 놀고 있어. 놈들을 움직이는 존재가 뒤에 있다는 뜻이지. 코볼트나 고블린, 오크, 모두 참 을성 없기로는 둘째가라면 서러울 마수들이 천천히 우리를 말려 죽이고 있으니까. 놈들이 따로 행동하는 것처럼 보이겠 지만 교묘하게 연동되어 있다."

"리더, 리차드가 돌아오지 않았어."

리차드. 발이 제일 빠르다며 정찰을 보낸 동료다.

돌아오리란 사실에는 회의적이었다.

던전 깊숙이 들어간 100여 명 중, 살아 돌아온 이는 전무 했다. 모두 그곳에서 죽음을 맞이했다.

머리통이 뜯기고 시체가 훼손되어 리차드가 죽었는지 확 인할 순 없었다.

하지만 모두가 안다. 그가 죽었음을. 그러나 닭 벼슬 남자 는 인정하지 않았다.

적어도 시체는 확인해야 직성이 풀릴 것이다. 닭 벼슬 남 자는 그런 이였다. 그게 최소한의 동료애라고 믿었다.

다니엘은 이를 갈았다.

"그나마 전력이 보존되어 있을 때 움직여야 해. 흑사회가 지금처럼 소극적으로 움직인다면 더 이상 방법이 없다. 우리 팀은 여기서 해체되겠지. 팀만 해체되는 게 아니라 네 빌어 먹을 몸뚱이가 해체될 거라고!"

"리더, 리차드가 돌아오지 않았어."

닭 벼슬 남자는 같은 말을 되뇔 뿐이었다.

"리차드는 죽었어. 네 마음을 모르는 건 아니지만 죽은 자는 돌아오지 않아. 돌아오면 그게 이상한 거야."

"리차드가……."

"닥쳐! 리차드도 우리가 던전을 벗어나길 원할 거다. 리차드는 절대 무리를 할 녀석이 아냐. 그런데도 돌아오지 못했다는 건, 이 앞에 아주 무시무시한 괴물이 아가리를 벌린 채 기다리고 있다는 뜻이다! 그런데 기다리겠다고? 오크에게 산 채로 뜯어 먹히느니 차라리 이 자리에서 내가 널 죽이고 말지!"

"리더는 가. 나는 기다릴게."

"이…… 이, 망할 자식!"

다니엘은 몸을 부들부들 떨며 다시 자리에 앉았다.

항복 선언이다.

다른 팀원들도 은근히 닭 벼슬 남자의 의견에 동조하고 있었다.

조금 더 기다려 보자는. 이대로 나갈 수는 없다는 눈빛들.

리더로서 팀원의 의견을 따르는 건 당연했다.

"고마워, 리더. 내가 이래서 리더를 좋아한다니깐. 내 마음 알지?"

닭 벼슬 남자가 히죽였다.

둘이 동고동락한 세월이 벌써 10년을 넘었다.

그 시간의 대부분은 전장에 있었으며 그렇기에 누구보다

신뢰하고 있었다.

다니엘은 인상을 와락 찌푸렸다.

"한마디만 더 지껄여 봐. 다신 말할 수 없게 입안에 검을 틀어박아주마."

"음, 리더라면 한 번쯤은 대줘도 괜찮다구? 상냥하게 해줘."

"망할 새끼."

다니엘이 이마를 짚었다.

"킥!"

"흐흐흐!"

남은 팀원들이 깔깔 웃어 젖혔다.

어두침침했던 분위기가 조금은 밝아졌다.

무엇보다, 아직 각성자는 700명이나 남아 있었다. 마냥 우울한 상황은 아니었다.

흑사회가 움직였다.

그들이 움직인다는 건 모든 각성자가 움직인다는 것과 같았다.

700명의 각성자 중 400명이 흑사회 소속.

위험한 상황에서 다수를 따라 소수가 움직이는 건 당연한 일이었다.

게다가 지난 며칠간 그들도 놀기만 하진 않았다.

탐색 스킬을 가진 각성자 몇을 내보내 주변 지리를 살피거나 마수들이 향하는 장소를 알아냈다.

지금 흑사회가 향하는 장소가 그곳이다.

3층의 모든 마수가 총집결하는 장소를 단번에 쓸어버릴 작정이었다.

"마수 새끼들. 오늘이야말로 너희들 제삿날인 줄 알아라!"

"다 죽여 버리자고. 아주 씨를 말려야 해."

지난 며칠간 시달림을 당해서 그런지 각성자들 모두가 독이 오른 상태였다.

특히 동료를 잃은 이들의 분노는 더했다.

더 이상 휘둘리지 않겠다는 것이다. 지금도 조금 늦은 감이 있었다.

진즉에 대군을 움직여 마수들을 소탕해야 했다는 의견이 분분했다.

이미 지나간 시간을 되돌릴 순 없어서 그저 아쉬움만 토해 낼 따름이었다.

그러나 다니엘은 차라리 낫다고 판단했다.

처음부터 계획 없이 움직였다면 십중팔구 전멸을 면치 못했으리라.

주변 지리를 파악하고, 어느 정도 독기가 쌓인 지금 기세를 몰아 단번에 몰아치는 게 오히려 나았다.

'그런데도 이 불안함은 가시질 않는군.'

왜일까?

움직이면 움직일수록 심장의 거동이 거세지기만 한다.

개미지옥에 스스로 발을 들이미는 기분이다.

하지만 객관적으로 판단했을 때 마수들과 비교해도 전력
은 부족하지 않았다.

그간 보인 마수의 총규모는 충분히 해볼 만한 숫자였다.

본인의 추측대로 마수들의 뒤에 상상 외의 생명체가 존재
하지만 않는다면 붙어볼 만했다.

'리차드, 부디 우리를 미워하지 않기를.'

던전을 빠져나갈 기회는 분명히 있었다.

하지만 리차드가 죽음으로서 틀어졌다.

리차드의 원혼이 그들을 저주한다면 앞으로의 상황이 매
우 힘들어질 것이었다.

그러나 자신을 사지로 내몬 다니엘을 축복할 것 같지는 않
았다.

삐이이익!

선두에 선 흑사회 그룹이 호루라기를 불었다. 멈추라는 신
호다.

앞은 늪지대였다.

제법 넓지만 그다지 깊지는 않아 걸어갈 정도는 되었다.

하지만 질서 없이 빠르게 움직였다간 대열에 차질이 생
긴다.

천천히 소수로 움직여 늪지대에 발을 옮겼다.

"대열을 유지해! 천천히, 구보를 맞춰서 움직…… 억!"

절반가량이 늪을 건넜을 때.

늪을 뚫고 고블린들이 나타났다.

늪을 건너던 이들의 발을 잡고 끌었다. 끌려간 이들은 고통에 찬 비명을 내질렀다.

분명히 위험이 없음을 확인하고 건넜는데 어떻게?

하지만 곧 이유를 알 수 있었다.

고블린들은 탈것을 타고 늪 안에서 이동한 것이다.

늪지렁이!

늪에 서식하는 최하급의 마수였다.

질척거리는 늪 안에서 서식하며 평소엔 작은 벌레 따위를 먹고 산다.

몸집은 80㎝ 정도로, 마수답지 않게 온순하다. 대신 힘이 세다.

각성자들 입장에선 그다지 위협적이라 할 수는 없지만, 이처럼 무게가 얼마 안 나가는 고블린이나 코볼트의 이동 수단이 될 수도 있었다.

한 번의 습격. 대열은 흐트러졌다.

정확하게 허리를 양분당한 것이다.

"전투 준비! 전투 준비!"

원거리 딜러들이 늪지대의 마수를 향해 공격을 준비했다.

취익.

취이익!

그러나 한쪽에서 들려오는 소리에 움찔하고 말았다.

700명의 대인원은 약 300, 400으로 나뉘어 있었다.

가운데에 늪이 있어 합류할 수 없는 상황. 오크들이 나타난 곳은 늪을 건넌, 300명의 무리가 있는 곳이었다.

키이익.

케에엑.

남은 400명도 안전하지만은 않았다.

천 마리가 넘어가는 코볼트와 고블린 떼가 무리지어 나타났기 때문이다.

완벽하게 갇힌 형국이다.

따로 나뉜 채 싸움을 할 수밖에 없었다.

"가더들 앞으로!"

"앞으로!"

"딜러들을 보호해!"

"진을 짜! 당황하지 마라!"

사용하는 언어는 다르지만 알아들을 수 있었다.

버벅거리면 다음 순간 죽으리라는 것을 누구보다 잘 알았기에 뭉치는 속도도 빨랐다.

"젠장!"

다니엘이 욕을 뱉으며 검을 휘둘렀다.

코볼트 한 마리가 목을 잃은 채 허공을 날았다.

"조심!"

닭 벼슬 남자가 다니엘의 뒤에서 입을 벌리고 달려들던 코볼트를 발로 차냈다.

이어 할버드를 내려쳐 코블린의 몸을 동강냈다.

"뒤통수는 나한테 맡겨, 리더."

"늪으로 달려!"

다니엘이 급하게 외쳤다.

"엥? 늪? 거긴 고블린이 있잖아?"

"기만전술이다! 정작 늪 안에 있는 놈들은 얼마 없어. 여기 묶이는 게 오히려 놈들이 바라는 바다! 어차피 놈들은 못 따라오니 빠르게 반대편으로 합류하는 나아!"

"우리만?"

"전부!"

"오케이!"

닭 벼슬 남자가 할버드를 장난감처럼 휘두르며 길을 뚫었다. 워낙에 거구인지라 지나가는 것만으로도 사람들의 시선을 모았다.

"나를 따르라!!"

후웅—!

할버드가 어김없이 코볼트의 목을 잘랐다.

어이가 없어하는 표정의 다니엘을 향해 닭 벼슬 남자가 윙크를 날렸다.

"이거 꼭 해보고 싶었어, 리더."

"더 크게!"

닭 벼슬 남자가 히죽 웃고는 사자후를 내질렀다.

"나를!! 따르라!!"

늪 쪽으로 달려가며 괴성을 지르는 남자.

이목이 쏠린 가운데 다니엘과 그의 팀이 늪지대에 도착했다.

빠르게 코볼트 등을 정리하며 앞으로 나아가자, 하나둘 눈치를 보던 이들이 그들의 뒤를 따르기 시작했다.

하나둘 움직이던 게 열이 되고, 열은 금세 백으로 불어났다.

코볼트나 고블린들은 늪지렁이 없이는 몸이 작아 늪을 건널 수 없었다.

이윽고 반대편의 모두가 합류하는 데 성공했다.

오크는 200마리가 전부였으나 각성자는 700에 약간 못 미쳤다.

오크만 빠르게 처리하면 늪을 건너오는 고블린이나 코볼트는 애들 장난이나 다를 바 없었다.

형세역전!

희망이 더욱 물꼬를 텄다.

'허, 머리를 쓰는 놈이 있었나?'

나는 입맛을 다셨다.

쉬울 줄 알았는데 판을 볼 줄 아는 놈이 있나 보다.

늪을 최대한 건너지 못하게 하는 것이 요지였다.

그걸 알아차리고 늪을 건너려는 이가 있을 줄은 몰랐다.

'역시 전쟁은 어려워.'

쉬운 건 없다.

전쟁은 참여만 해봤지 이렇게 전략을 짜본 적은 없었다.

첫술에 배가 부를 수는 없는 노릇.

그래도 아쉽다.

며칠간 지치게 만들고 일부러 독이 오르게 했다.

탐색자들에게 마수들이 모이는 장소를 은근슬쩍 공개하기도 했다.

열에 받쳐 달려오길 원해서다.

반은 성공했으나, 막상 실행하니 아직은 미숙하다.

'어쩔 수 없지.'

어쨌든 만족스럽다.

마수를 부려 전쟁을 하는 기분은 최고였다.

한국은 양식장이고 아직 키워야 할 단계라 전쟁을 벌일 순 없지만 지금 던전에 있는 놈들은 별식이다.

살려 보내 봤자 다른 마족의 던전에서 죽어, 포인트가 되겠지.

그럴 바엔 내가 다 먹어버리는 게 낫다.

나는 뼈로 제작된 해골 가면을 뒤집어썼다.

정확하게 얼굴의 반만 가리는 이 물건은 별다른 효과는 없지만 보는 이에게 공포를 느끼게 한다.

마력 수치가 높을수록 상대가 느끼는 공포도 커진다.

고작 그 효과 하나만으로도 레어 등급의 판정을 받은 물건이었다.

히이잉—!

내가 반쪽짜리 해골 가면을 쓰자 말 한 마리가 옆에서 투레질을 했다.

꼬리와 갈기가 불로 이루어진 흑마 '인페르노'다.

유니콘의 사촌 격이라 이마에 마나가 집약된 긴 뿔이 달렸다.

평범한 말과는 크기부터 달랐다. 압도적인 존재감을 내뿜는 명마였다.

중급 마수이며 이동 수단으로 제격이다. 곧 열릴 마계 옥션을 생각하면 탈것 하나쯤은 미리 준비해 둘 필요가 있어서 구입한 것이다.

나는 인페르노의 위에 오른 뒤 허공에 손을 뻗었다.

공간이 일그러지며 검 한 자루가 튀어나왔다.

'내가 나설 수밖에.'

검을 손에 쥐고 혀를 찼다.

오크의 우악스러운 손이 각성자의 양어깨를 붙잡았다. 오크의 근력이라면 산 채로 찢어발겨져 바닥에 내동댕이쳐질 것은 불 보듯 뻔한 상황.

그러나 잡힌 중국의 각성자는 당황하지 않았다.

도리어 오크가 눈 깜빡할 사이에 20번의 검격을 당했다.

스무 개의 칼자국이 아롱이 새겨지며 오크는 전신에서 피를 뿜었다.

중국 각성자 라이펑(李易峰)의 작품이다.

그가 가진 레어 등급의 스킬은 2초 동안 민첩에 비례하여 전신을 가속화한다.

스킬 이름조차 가속이었다. 체력과 힘이 그다지 높지 않아 몇 번 사용하는 게 고작이지만 위급한 상황에선 절대적인 위력을 발휘했다.

라이펑은 오크를 쓰러뜨린 즉시 고개를 돌렸다.

어느새 200에 달하던 오크의 대다수가 싸늘한 주검이 되었다.

코볼트와 고블린이 늪지렁이를 타고 부랴부랴 늪을 건너고 있었지만 오크가 없는 이상 위협이 되지 않는다.

승리다!

라이펑과 모든 각성자의 눈에 희망이 번졌다.

각성자는 아직도 오백가량이나 남았다. 당황하지 않고 빠르게 방비한 덕분이다.

숫자적인 우세를 이용하여 몰아치니 제아무리 강력한 오

크라도 목이 잘릴 수밖에 없었다.

라이펑은 자신의 몸을 점검했다.

'한 번은 더 쓸 수 있겠군.'

가속.

2초간 절대적인 힘을 낼 수 있는 스킬.

몸의 상태를 보아하니 한 번은 더 쓸 수 있을 것 같았다.

그 이상 사용하면 전신이 뜯겨져 나가는 양날의 검.

하지만 충분하다.

어차피 남은 마수라곤 소수의 오크와 코볼트, 고블린이 전부였으니까.

"조금만 더! 조금만 더 힘을 내라! 승리가 눈앞에 왔다!"

라이펑이 외쳤다.

동시에 살아남은 흑사회의 각성자가 그의 옆으로 몰려들었다.

방진을 새롭게 짜고 남은 마수들을 압박했다.

투욱! 투욱! 투욱!

수백의 각성자가 거세게 발을 굴리자 땅이 울렸다. 다가오던 코볼트와 고블린이 당황하며 주춤한다.

일렬방진을 짠 상태로 호기롭게 움직이니, 마수들도 쉽사리 다가오지 못했다.

서걱!

무엇보다 라이펑의 칼날은 아직 무뎌지지 않았다.

레어 등급 스킬을 얻었다는 건 그만한 실력이 있다는 뜻
이다.

아무리 지쳤어도 라이펑은 흑사회 최고의 전사였다.

검신이 마수의 목을 훑고 지나갈 때면 어김없이 머리통 하
나가 바닥을 굴렀다.

마수의 시체와 피가 던전을 가득 채웠다.

코볼트와 고블린의 몇몇 우두머리조차 죽음을 피할 수는
없었다.

키에엑.

키히익.

마수들의 저항은 거셌다. 하지만 그뿐이었다. 지금도 착실
하게 숫자가 줄어가고 있었다.

각성자 모두의 입가에 조금씩 미소가 피어날 찰나.

다그닥. 다그닥.

여태까지와는 전혀 다른 존재가 나타났다.

"……."

모두가 침묵했다.

무어라 설명해야 할까?

그래, 마치 사신…….

사신과 같은 모습이었다.

어쩌면 사신 그 자체일지도 모르겠다.

꼬리와 갈기가 불로 이루어진 거대한 흑마.

그 위에 탄 한 남자.

보이는 거라곤 얼굴의 반쪽뿐이다.

나머지 반쪽은 해골 모양의 가면을 쓰고 있었다.

검은색 망토를 두르고 한 손에 검을 쥔 그 모습에 각성자들은 질리고 말았다.

보는 순간 전신에 공포가 엄습했다.

처음으로 마수와 마주쳤을 때의 공포감과 비슷한 종류지만 공포의 질은 비교할 수가 없었다.

라이펑은 떨리는 몸을 억제하고자 주먹을 쥐었다. 얼마나 강하게 쥐었는지 주먹 사이로 피가 흘러나왔다.

다시 공기가 바뀌었다.

불과 몇 분 전만 해도 승리하였다 생각하며 힘차게 검을 휘두를 수 있었다.

지금은 아니다. 저 남자의 등장이, 단지 등장한 것만으로 공기를 바꿔놓았다.

공포에 젖은 병사는 쓸모가 없다. 이대로는 안 된다.

라이펑은 이 분위기를 반전시켜야 한다는 강한 압박을 느꼈다.

결정을 내린 라이펑이 움직였다.

자신에게는 가속 스킬이 있었다.

같은 레어 등급의 스킬도 가속에 비하면 별거 아니라는 생각마저 가지고 있었다.

감히 2초 무적이라 칭할 수 있는 스킬.

아무리 나타난 남자가 강해도 순식간에 스무 번의 검격을 당하면 죽을 수밖에 없으리라고 확신했다.

남자는 화염 말에 탄 채, 다가오는 라이펑을 오연하게 바라봤다.

차라리 저런 식으로 방심해 주는 편이 좋다.

전사로서는 굴욕적인 일이지만 승리를 위해서라면 인내할 수 있었다.

하지만 라이펑은 모른다.

남자의 두 눈은 라이펑의 모든 것을 꿰뚫어 보고 있다는 것을.

라이펑이 하려는 모든 걸 이미 알고 있다는 사실을.

"흐읍⋯⋯!"

남자의 지척에 다가간 라이펑이 가속을 활성화했다.

세상의 모든 것이 느려지고 라이펑의 움직임은 빨라진다.

스무 번의 검격, 검의 진수가 담긴 '이십사검결' 중 스무 초식이 라이펑의 몸을 통해 펼쳐졌다.

라이펑을 검의 대가의 반열에 올려놓은 최강의 검법!

'통한다!'

라이펑이 보기에 남자는 한없이 느리다. 거북이도 이보다는 빠르리란 생각이 들 정도다.

통한다. 이길 수 있다. 남자는 그저 존재감만 압도적인 인물이었던 것이다.

스무 번의 검격이 끝나고 라이펑의 검이 남자의 목을 꿰뚫
었다.

아아, 승리했다!

이제 다시 분위기는 바뀔 터였다.

라이펑은 고개를 돌려 외치고 싶었다.

그런데 말이 나오지 않았다.

'왜 목소리가……?'

그리고 그것이 라이펑이 생각한 최후의 사념이었다.

"환각이라도 보고 있는 모양이군."

라이펑의 머리가 바닥에 떨어진 걸 바라보며, 나는 웃
었다.

가속이라는 건 그런 것이다.

뇌와 근육을 혹사시키는 자살용 스킬이었다.

죽음조차 제대로 인지하지 못할 정도로 머리가 망가지지
않았나.

어차피 몇 년 안 가서 몸이 버티지 못했을 것이었다. 그것
도 아주 고통스럽게 최후를 맞이했겠지.

지금 내 손에 죽은 게 라이펑의 입장에선 오히려 축복일
수도 있겠다.

'레어 등급 스킬을 한 명 더 가지고 있을 텐데? 아니면 이

미 죽었는가?'

나는 고개를 돌려 아직도 500명은 족히 남은 각성자 무리를 바라봤다.

오크 한 마리면 각성자 2명은 상대할 수 있다.

단순히 계산만으로는 300명 이하로 남았어야 정상이지만…… 수가 읽힌 시점에서 그런 단순한 비교는 할 수 없을 것이다.

하지만 살아남은 이가 이렇게 많음에도 남은 레어 등급 스킬의 보유자가 보이지 않았다.

아쉽지만 이미 죽은 듯싶었다.

남은 쭉정이들의 결말은 정해져 있었다.

몰살!

이들은 양식장의 그물을 찢고 들어온 물고기다.

살려 보낼 이유가 없었다.

어차피 앞으로도 보물이 나온다는 사실은 천명회와 이곳 국가의 다른 길드들을 통해서 해외로 널리 알려질 것이었다.

그들은 내 양식장 안의 물고기인 탓이다.

그러면 지금과 같이 많은 별식이 몰려올 것이고, 나는 그걸 먹음으로써 허기를 달랠 수 있다.

배가 고프지 않으면 양식장은 굳이 손댈 필요가 없고…….

언젠가 다른 마족도 나와 비슷한 자세를 취하겠지만 아직은 아니다.

나 혼자 독식할 기회는 많이 남아 있었다.

내가 저들의 몰살을 생각하며 인페르노의 등을 때리려는 찰나였다.

"던전의 주인이시여!"

웬 남자가 앞으로 다가와 대뜸 무릎을 꿇는 게 아닌가.

'……?'

나는 여러 국가의 언어를 알았고 영어 또한 회화가 가능한 수준이었다.

때문에 남자의 말을 알아들을 수 있었다.

"화를 식히시고 부디 저희를 용서해 주십시오. 보물에 눈이 멀어 잘못된 길을 가려는 어리석은 양들일 뿐입니다."

"미쳤어, 리더?!"

"펑즈!"

"께 스트론쪼!"

남자의 행동을 보며 모두가 비난했다.

말은 달랐지만 뜻은 하나, 미친놈이라는 것.

"부디!"

그러나 남자는 아랑곳하지 않았다. 단순한 공포가 아니라, 남자는 진심으로 격의 차이에 몸을 떨고 있었다.

다른 이들을 못 보고 못 느끼는 걸 남자는 알고 있었다.

이에 흥미가 동한 나는 심안을 열었다.

이름 : 다니엘 드류 마틴

직업 : 용사(가디)

칭호 : 없음

능력치 :

  힘 33

  지능 41

  민첩 31

  체력 35

  마력 15

  잠재력 (155/308)

특이사항 : 없음

스킬 : 통찰력(Ex N), 초감각(Ex N)

초감각과 통찰력이라!

등급은 낮지만 두 개의 스킬이 시너지 효과를 일으킨 덕분에 어렴풋이 알 수 있었던 것 같았다.

여기 있는 전원이 달려들어도 내겐 안 된다는 걸 말이다.

하지만 그 사실을 안다고 해도, 그들의 눈에 나는 마수 이상으론 보이지 않을 것이었다.

용케 무릎을 꿇고 빌 생각을 하였다.

물론 이들의 결말을 바꿔줄 생각은 조금도 없었다. 단순한 감탄이다.

"살려만 주신다면 다신 던전의 주인께서 신경 쓰일 일이 없도록 하겠습니다. 던전 쪽은 쳐다도 보지 않겠습니다."

"그건 조금 곤란하군."

더욱 많은 이가 던전의 보물에 혹해 스스로 발을 들이밀길 원했다.

이들이 전원 살아나가 내 존재에 대해 떠들면 던전을 찾는 이가 줄어들 수밖에 없었다.

"예……?"

다니엘은 놀란 듯 고개를 들었다.

영어로 말할 줄은 상상조차 못해서다.

솔직히 도박이었다. 의사소통이 안 될 가능성이 컸다.

도박은 성공했고 회화가 성립했다.

그리 생각하겠지만 나도 조금은 흥미가 동한 게 사실이다.

그래서 게임 하나를 제안했다.

"10분 주마."

"도망갈 시간입니까?"

다니엘의 얼굴에 화색이 돌았다.

500명이 각자 흩어지면 그중 몇은 살 수 있다.

거기에 자신의 스킬이 더해지면, 적어도 남은 팀원들은 살 릴 수 있었다.

하나 나는 고개를 저었다.

"정확히 10분간 공격할 것이다. 너희는 막아라. 10분이 지나면 공격을 멈추겠다.”

선언하듯 검으로 다니엘을 가리켰다.

“우선은…… 그래, 너부터다.”

촤악!

데구르르…….

다니엘이 뭐라 말할 사이도 없이 나는 검을 내려쳤다.

그의 목이 바닥에 놓였고, 그 순간 게임은 시작됐다.

“리, 리더!”

10분.

남은 인원은 500.

초당 한 명씩은 없애야 한다는 계산이 나온다.

나는 인페르노의 등을 가볍게 찼다.

“이 개새끼가! 죽여 버린다! 기필코 죽여 버린다!”

히이잉!

인페르노가 움직인다.

붉은색 닭 벼슬 머리의 남자가 할버드를 들고 따라왔지만
무시한다.

이 중에서 그가 가장 격노하고 있었으니까.

다니엘을 대신하여 죽는 순번을 가장 마지막으로 미뤄주
었다.

일말의 자비다.

그리고 내 검이 궤적을 그릴 때마다 수 명의 인간이 주검

이 되었다.

"막아! 막으란 말이야!"

그들은 방진을 짜고 더욱 단단하게 방비했지만 나는 막무가내로 그 방진을 뚫어버렸다.

나는 공성구였다. 수많은 방파제를 무력화시키는 거대한 해일이었다.

쉬이익!

화아악!

화살과 마법이 날아든다.

이 역시 무시했다.

온몸으로 맞아도 현 각성자의 수준으로 내 몸에 타격을 줄 수는 없었다.

"크아악!"

"사, 살려 줘!"

달리고, 베고, 찌르는, 지극히 단순한 시간이 지나갔다.

필사적으로 막던 무리는 어느새 겁이 질려 바닥에 엎어졌으며, 허리를 잃고 양손으로 바닥을 헤엄쳤다.

아무리 발이 빨라도 인페르노에게 벗어나는 것은 무리다.

유니콘과 동격의 마수가 인페르노였다.

늪을 통해 도망가려는 이도 있었지만 그들은 늪에서 튀어나온 고블린과 코볼트를 맞이해야 했다.

정확하게 10분이 지난 순간, 남아 있는 이는 고작 한 명뿐이었다.

수많은 시체 앞에 단 한 명만이 살아 있었다.

"운이 좋군."

약속은 지킨다.

던전을 빠져나가는 건 별개지만.

설혹 빠져나가더라도 그가 할 수 있는 건 없었다.

조심성 많은 다니엘이라면 모르겠으나 닭 벼슬 남자가 가진 스킬은 격노.

그 이름처럼 분노에 몸을 맡겨 더 많은 각성자를 끌고 온다면 오히려 내게는 이득이었다.

쥐고 있던 검이 조금씩 옅어지더니 이내 사라졌다.

나는 고삐를 쥐고 말머리를 돌렸다.

남아 있는 마수들이 그런 나를 뒤따랐다.

시체와 함께 남자만이 오롯이 남게 되었고…….

남자는 오열했다.

"젠장, 제엔장—!"

닭 벼슬 머리의 남자.

유일한 생존자는 다니엘이 아닌 그였다.

to be continued